文春文庫

ヒヨコの猫またぎ

群　ようこ

文藝春秋

ヒヨコの猫またぎ◉目次

ヒヨコの猫またぎ

京都呉服ツアーの爆弾

　また母親を連れて京都に旅行に行った。といっても、またしてもデパート主催の京都呉服ツアーである。彼女はとにかく京都が好きで、京都と聞くと、何をさておいても行きたくなってしまう。前回行ったのは四年前で、それでこりごりした私は、もう一緒に旅行には行くまいと思っていた。この話は最初、母親の耳に入ったのだが、

「忙しいから、行けないかもしれないわ。スケジュールが結構つまっちゃってるのよ」

などという。どうしてそんなに忙しいのかと聞いたら、

「水泳教室でしょ、歌のレッスンでしょ。それにエステも行ってるし。とにかく、『おじさん』が甘えん坊で、私がいないとだめなの」

というのだ。おじさんというのは、実家で飼っているウサギの名前なのだが、とにかく孫のようにかわいがっているものだから、片時も離れたくない様子なのだ。そんなに母親が忙しいというのなら、私も行きたいわけではないし、参加しないつもりで

いた。ところが、母親ともどもお世話になっていた呉服売り場の担当の男性が、来年退職なさるというので、これは彼が添乗する最後の旅行になるという。それでは記念にと、私は行くことにした。それを聞いた母親は、あれだけ忙しいといっていたくせに、

「一泊二日だったら、水泳教室はお休みすればいいし、おじさんにもよくいい聞かせておくわ。あの子は頭がいい子でねえ、私がいうことはみんなわかるの」

といいだした。八王子の女畑正憲ともいわれている母親は、とにかくおじさんにも状況をちゃんといい含め、四年ぶりの京都呉服ツアーに向けて、パワー全開で臨む態勢になっていたのである。

前回は三十分で五百万も買い物をした母親であるが、今回私は、

「わかってるな!」

と釘をさしておいた。

「着物も帯も山のようにある」

といっていたし、私から見てもあれだけ持っていて、欲しい物がこれ以上あるとは思えなかったからである。出発の二日前、デパートの担当者から電話があった。

「今回はどのくらいの方が参加なさるんですか」

前回参加したときは、バス二台で移動した覚えがある。すると彼女はいいにくそうに、

「あのう、実は、お二人様だけで……」

という。

「え、二人って、私たちだけ？」

「ええ、そうなんです」

「どっひゃーっ」

デパートの京都呉服ツアーで参加者が私と母親の二人だけ。これはいったいどういうことになるのだ。

「やだー、そんなの。展示会には会社の人がずらーっといるんでしょ。みんなが見てるなかで私たちだけ？」

今からキャンセルしたかったが、それはとても無理だった。母親に連絡すると、

「え、本当」

と驚いてはいたが、そんなことは彼女にとってはどうでもいいようであった。

当日、私はくらーい気分で新幹線に乗っていた。隣の席は空いている。母親が遅刻したのである。また途中の静岡付近で大雨のために新幹線は止まり、私はじとっと車

内の音楽放送を聞いていた。展示会の前に銀閣寺の見学が企画されていて、東求堂《とうぐどう》の内部も見せていただき、

「この建物に風呂場と台所があったら、借金しても今すぐ欲しい」

などと思ったりし、私の機嫌はよくなってきた。そしてひととおり見学し終わったときに、母親が呉服部の担当の男性と到着した。新幹線に乗るまでにバスや電車が止まり、一時間半遅れの到着である。

「踏んだり蹴《け》ったりだったわ」

と母親は笑っていた。それを見ながら、

(これからいったいどうなるんだろうか)

と私は心配でならなかった。

銀閣寺の見学が終わると、展示会が催される場所に直行である。そこの会社は敷地内に博物館と工場を持っていて、緞帳《どんちょう》や美しい綴《つづれ》の帯や袱紗《ふくさ》が織られていく過程を見学したり、古代裂《ぎれ》や明治時代に織られた素晴らしい織物の数々を見学して、ただただ驚嘆するばかりだった。

「それではそろそろ……」

展示会場へと案内された。最初の予定ではたっぷり時間がとってあったが、参加者

が私たちだけではどうにもならないと、先方も考えたのか、時間は短縮されていた。短縮されていたといっても、三十分であれだけの買い物をする母親からみたら、一時間なんて十分すぎるくらいである。

（いらないっていってたって、見れば絶対に欲しくなるんだろうなあ）

と思いながら、私は美しい帯や着物が展示されている室内に入った。母親は口をぎゅっと一文字に結び、何か耐えている様子である。

「こういうのは、どう?」

彼女の好みの帯を見つけて、いちおう声をかけてみたが、首をぶんぶんと横に振る。

「ふーん、じゃあ、こっちのは?」

別の帯を指さしても、黙って首を横に振るばかりなのだ。そして、

「もういらないの。いっぱいあるから」

と小声でつぶやいた。

「そうだよね、私の三倍くらい、持ってるもんね」

といったら黙ってうなずいた。しかし彼女がなるべく展示してある品物を見ないようにしているのがよーくわかった。

ふっと後ろを振り返ると、会社の人々が、そろりそろりと後をついてくる。バブル

のときはたくさんのお客様も来ただろうに、それが今年は二人。私もびっくりしたが、さぞかし先方もびっくりしたことだろう。ぐるりとひととおり展示品を見終わって、これならばいいかなと思ったふだん使いの帯があったので、手にとって見ていると、母親がささっとやってきて、

「お姉ちゃん、それがいいわよ。それはとってもいいわ」

と熱心に勧める。持っていないタイプの帯だったので、買うことを決めた。主催者側もほっとしたようだったが、私もこれでひと仕事が終わったと、ほっとした気分であった。ところが彼らは、

「では次へ」

というではないか。

「えっ、次って何ですか」

「インテリア関係の物を展示しております」

そうか、まだあったのかと、次の部屋へ行ってみると、そこには今まで見たことがない、美しい絨毯《じゅうたん》が山のようにあった。絹糸を日本で染めてそれを外国で織らせている。糸の質がいいので本当に美しいのだ。タペストリーのようにかけてあった、大判の絨毯はアンティークで、色といい柄といい素晴らしい物だったが、値段も一億円と

ものすごかった。

「ひえーっ」

私と母親は、よろよろとよろけながら、三畳敷くらいの大きさの絨毯コーナーへ移った。

「これ、きれいねえ。手触りもいいわ」

母親は一枚の絨毯が気に入ったらしく、何度も手でさすっている。

「こんな絨毯を買ったら、おじさんが喜んで離れないわ。これでおいくらですか？」

「七千万円でございます」

「ひえーっ」

私たちはまたよろけながら、二畳敷の絨毯のところに移動した。

「あら、こっちもいいわ」

母親はとても絨毯が気に入ったらしく、目が輝いている。

「そちらもよろしいですよ」

「おいくらですか」

「三千万円でございます」

「……」

どかん、どかんと爆弾を落とされ、私たちは背中を丸めて、もっと小さな絨毯が集まっているところへ移った。そこには玄関敷やテーブルの上に敷く、テーブルセンターとして使える、小型の絨毯ばかりが置いてあった。それも緻密《ちみつ》な柄でとても美しい。

「こういうのもきれいねえ」

とつぶやいたとたん、隣にいた母親が、

「うっ」

と低い声でうめいた。

「どうしたの」

びっくりして聞くと、

「あんまり欲しい物を我慢していたら、気持ちが悪くなってきちゃった」

というではないか。それを聞いた私は、

「あっはっは」

と大笑いしてしまった。思いも寄らぬ「気持ち悪くなっちゃった攻撃」を受けて、瞬間的に私は白旗を上げてしまったのである。

「どれが欲しいのよ」

「これ」

彼女はすぐに一枚の玄関敷を指さした。どうやら欲しい物を決めていたらしい。

「ふーん、じゃあ、それにすれば」

「わあい」

急に母親はさっきとはうってかわって元気になり、

「まあ、今日は本当にきれいな物をたくさん見られて、うれしいわあ」

といつまでもはしゃいでいた。

ホテルに戻っても興奮は覚めないらしく、ベッドに入っても、絨毯の話ばかりをしている。私は眠くてたまらずに、ずーっと生返事をしていたのだが、そのうちふっと母親が黙った。寝たのかなと思ったとたん、

「んがーっ」

と耳をつんざくいびきが聞こえてきた。

「しまった」

いつも私は旅行に行くときには耳栓を必ず持ってくるのに、今回は忘れてきた。その後は、ずーっと拷問だった。右の耳を枕に押しつけ、左の人差し指で左耳の穴をふさいでも、何の役にも立たない。今度はいびき攻撃のおかげで、夜中の三時まで眠れなかった。

そして朝、まぶしい光で目が覚めた。思わず体を起こすと、母親が仁王立ちになって、勢いよく窓のカーテンを開け放ったところであった。おまけにテレビのスイッチを入れ、NHKのニュースを見はじめる。

「まだ早いじゃない」

文句をいうと、

「いつも起きる時間に目が覚めちゃうのよ」

とまるで気にしていない。

「あーあ、朝御飯、何を食べようかなあ。そうそう、お姉ちゃん、前に一緒に行ったときは、和定食を食べたよね。あのときに出てきたちりめんじゃこ、とってもおいしかったよね」

母親は元気いっぱいである。睡眠時間たった二時間で起こされた私は、頭がぼんやりして白い膜がかかったようだ。私はベッドにぐったりと横たわった。

「ふーん、そりゃ、よかったね」

もうろうとしたまま相槌《あいづち》を打ち、今回も母親の数々の秘密兵器にやられ、見事に爆死したことを実感したのであった。

人生最大のピンチ

ふと今の自分の生活を考えると、

「こんなにつましい生活をしているのに、どうしてお金がないのだろう」

と不思議になることがある。ここ何年か、あのお節介な高額納税者とかいうランクに顔を出しているのは、私と同じ名前を使っている別の人間としか思えないのである。

「群さんの生活って地味ですよね」

古いつき合いの編集者はいう。お金を貯めることがいちばんだとは全く考えていないので、欲しい物があったら品質がよく長く使える物をばんと買う。しかしそれ以外の日常は本当に地味だ。

「スチュワーデスとか、渋谷あたりを歩いているお姉ちゃんたちのほうが、ずーっと派手ですよ」

本当にその通りである。ブランド品を買うのも半年で飽きたし、エルメスのケリーバッグやバーキンなんぞは持っていない。着物は唯一の私の贅沢《ぜいたく》なので、五万円の物でも百万単位の物でも気に入ったら買うけれど、それも華やかな訪問着ではなく、紬《つむぎ》の縞《しま》や格子の地味な物ばかりで、一見、お嬢様ではなくねえやの着物にしかみえない。つまり、世の中に、

「どうだ！」

と大見得をきり、

「おおっ」

と世間の人がびっくりするような物は何一つ持っていないのだ。

住んでいるのは賃貸マンションだし、車も自転車も持っていない。バスも使わず往復二時間程度だったらば歩いていく。ふだんはTシャツにチノパンツ、スニーカー。それに下北沢の若者向きの店で買った、麻の帽子をかぶっててくてくと歩く。暑い真夏は近所だったらスウェット素材の膝上《ひざうえ》のパンツにサンダルで歩いているのだが、鏡に映ったその姿はまるでゲゲゲの鬼太郎そっくりだ。行きずりの強盗でも絶対に私は襲わないだろうと思うくらいの格好で歩いているのである。もちろんちゃんとしたところには、それなりの格好をしていくが、ふだん家にいるときは、じゃれつくネコの相手もしなければならないので、すさまじい姿をしている。

それなのにここ何年かは、ずーっと火の車だ。いつ鎮火するのだろうかと思っているのであるが、ますますぼうぼうと燃えさかるばかりだ。こういう話になると、実家建設問題が噴出してくるのだが、突然に土地の頭金として、私の税金用貯金から奪われた二千万円がたたり、ずーっと尾を引いているのだ。無くなるときは一瞬なのに、二千万円を補塡《ほてん》するとなったら、簡単にはいかない。全くの損失補塡ができないまま、現在に至っているのである。

今年、税金の申告をしたあと、税理士さんが作ってくれた、これからの税金の納付予定表と、実家のローン、母親の生活費とお小遣い、私の住居、仕事場の家賃など一年分を合算してみて、とんでもないことになっているのがわかった。私は一年に一度だけ、申告の後に、次の申告までの大まかなお金の動きをチェックするのであるが、どんな人が計算しても、絶対に足りない。足し算、引き算を習ったばかりの小学生でも、

「足りません」

というくらい、明らかに収入が不足していることがわかったのである。これから一年足らずの間に払わなければならない金額は八千万円もあり、私の銀行口座にはそのとき五十五万円しかなかった。これから本が出る予定はあるけれども、この計算の中

には私の生活費は一切含まれていないし、食費すら入れていない。私はあわてて都内をかけずり回り、

「税金を払わなくちゃならないから。お願い」

と、積立貯金、定期預金、火災保険を解約した。しかしそんなことで追いつく金額ではない。その金額はどかんと一気に引き落とされるわけではなく、五月雨《さみだれ》状に引き落とされるわけだが、払わなければならないのは事実である。

「いったい、どうしたものか」

私は腕組みをして考えた。経費になる部分を削るのではなく、経費にならない部分を節約するしかない。外食はしないので自炊をしている食費を切りつめるのは難しい。また祖母からいわれた、

「ちゃんとした食事を食べていれば、死んだときも顔色がいい」

という教えを守っていて、食事の質を落とすのはいやなのだ。肉類はほとんど自宅では食べないので、食費も知れている。洋服も五年くらい前に買ったものをずっと着ている。化粧水もひとびん千円の物が安売りになったときにまとめ買いをするし、眉を描くのはデッサン用の鉛筆だ。

編集者から届けられるコピーされたゲラは、裏が白いので全部とっておく。もった

いなくて捨てられない。それをパソコンのプリンタに設置し、原稿をプリントアウトするのに使っている。サイズが合わない場合は、A４判にカットした台紙を当てて、一枚ずつ寸法に合わせて切る。原稿を手渡しするときは、きちんとしかるべき用紙に印刷するが、ファクスで送信する場合には、裏に何が書いてあろうが関係ないのでこれを使う。着物ももういらないし、これ以上、どこが切りつめられるのか、わからないのだ。

これまでただ流れにまかせて何も考えずに、利殖にも関心がなく、ぼーっと生きてきたから、こういうことがなければ、なまった精神に活を入れられなかったかもしれないが、それにしても、群ようこ人生最大のピンチには間違いない。

「どうしてこんなことになったんだ！」

と怒ってみても、どうにもならない。書店に行けば、「お金のことで、くよくよするな」という本に手が伸びそうになる。

「こんな本を買う前に自分で考えろ」

と自問自答して家に戻るのだが、それでどうなるというものではない。本代一冊分が浮いた程度のものである。石川啄木は、

「我が暮らし楽にならざり」

とじっと手を見たが、私はじっと通帳を見るばかりだ。

そんなときテレビで、節約上手の奥さんが出てきて、

「ティッシュは買ったことがない」

と自慢していた。街で配られているのをもらっていると、相当数たまるそうだ。うちのティッシュも残りが少なくなってきている。私はそれまで街で配られているティッシュをほとんど貰《もら》ったことがない。ただで物を貰うのに抵抗があったからだが、今はそんなことはいっていられない。とにかく人生最大のピンチなのである。

「これからは絶対に、ティッシュを目の前に出されたら受け取ろう」

ところが意を決して外に出たのに、配っているお兄さん、お姉さんが私にはティッシュをくれないのだ。年配の女性が、

「ちょうだい」

と無理やりもらっていたが、いくら家にはティッシュがないからといって、そこまではできない。

(ちょうだい、ティッシュをちょうだい)

念波を発しながら歩いてみたものの、収穫はゼロであった。その後、ティッシュは底をついたが、無くなったら無くなったで、水がテーブルにたれたら台拭《だいふ》きで拭き、

鼻が垂れたら顔を古くなったハンカチで拭いた。

「別にこれでいいじゃん」

しばらくはそうやっていたが、新宿に用事があり、一日歩いていたら、十個以上収穫があったので、今はそれを使っている。しかしそんなことでは、まだまだ人生最大のピンチは変化のしようがなかった。

そんなとき、役所から住民税の納付書が届いた。

「あーあ」

とうんざりしながら金額を見ると、どういうわけだか、予定していた住民税よりも、二百三十万円安くなっている。

「やったあ、わーい、わーい」

私は「住民税が安くなってうれしいの踊り」をしながら、家の中をくるくると回った。

「よしっ、よしっ、よっしゃーっ」

急に目の前が明るくなったような気がした。また仕事をがんばろうという気にもなった。しばらくすると今度は税務署から、予定納税のお知らせが来た。封を切るとまたまた予定より八百万円も安くなっているではないか。

「わーい、わーい」

またまた私は「予定納税が安くなってうれしいの踊り」を踊った。室内をくるくると回っているうちに、足元がよろめいて壁に頭をぶつけたが、そんな痛さなど感じないくらいの喜びであった。空に向かって、

「がおーっ」

と叫びたいくらいであった。二日くらい、喜びは続いたが、冷静になって考えてみると、まだまだピンチは続いている。支払日と預金残高をチェックしていると、ただでさえ数字が苦手なのに、頭がくらくらしてくる。別に脱税したり、逃げるわけじゃないんだから、ま、そうなったときはそうなったときだと思うのであるが、どうしてもお金は足りない。

そこで頭に浮かんだのは質屋さんであった。若い娘っこたちはボーイフレンドから貰った物を、質入れして換金していると聞く。若い娘っこが行くんだから、おばちゃんも行って大丈夫だろうと、私は最後の手段として質屋さんに行くことにした。買い取りしてもらうのが目的なので、まずは売る品物選びからはじまった。私の場合は、ボーイフレンドに貰った物などひとつもなく、すべて自分で働いて買ったものばかりだ。着物の生活には不必要のネックレス、テニスブレスレット、大ぶりの時計などを

選んだ。日本の有名メーカー、外国のそこそこのメーカー、カルティエの三種類で、総数二十品、総額八百万円程度である。

質屋さんはとても感じがよくて親切だった。しかし重点的に査定しているのはカルティエの品々だけで、あとはほとんど値が付かなかった。ボーイフレンドに、銘柄を指定して指輪などを買わせる娘っこたちのほうが、はるかに私よりも世故にたけていると納得した。百万円の国産メーカーの品物よりも、二十万のカルティエの品物のほうが、のちに役に立つことを娘っこたちは知っていたのだ。

まとまった額のお金を受け取り、大事に抱えて家に戻った。ほとんどそれも焼け石に水なのであるが、その一瞬に消える蒸気ですら今は大切という感じである。別に誰に騙《だま》されたわけでもなく、ただ毎日をぼーっと過ごしていたら、こんなふうになってしまった。かといって人生の目的は税金を支払うことじゃないから、お金の計算ばっかりするのもいやだ。自分のお尻は自分でしか拭けないし、これからしっかりと汚れがつかないように、始末をつけなければならない。自分がこれからどういうふうにけりをつけるのか、楽しみではあるが、人生最大のピンチを切り抜けたあとに、女としてどっと老けないようにしようと、それだけは気をつけているのである。

しゅりしゅりー

私と動物好きの友人は、動物が人間みたいになってしまったことを、「人が入った」という。犬でもネコでも、飼っているうちにだんだん人間っぽくなってくる。どこがどうとはいえないのだが、顔や態度から、人間くさい雰囲気を漂わせているのだ。動物のほうも自分のことを動物だと思っていないふしもある。ただその「人が入った」現象は、飼われているどんな動物でも起こるわけではない。動物らしい顔をずっと保っているタイプもいるし、

「どははは」

と笑いたくなるくらい、人が入っちゃったタイプもいる。私のところにはファンの方から、飼っている動物の写真が送られてくるのだが、ネコらしい顔のネコもいれば、

「わあ、おやじが入ってる」

と笑いがこみあげてくる愛嬌《あいきょう》のある顔のネコもいて、とても楽しいのである。

で、実家で飼っているウサギの「おじさん」であるが、すくすくと順調すぎるくらい順調に育っていて、母は、

「なんだかねえ、ウサギじゃないみたいなの。ぜーんぶわかっていて、まるで人間みたいなの」

といいはじめた。

最初のころは普通のウサギであったが、とにかく母が溺愛《できあい》し続けているため、飼われているペットのウサギではなく、まるで孫のような待遇を受けるようになった。最初はラビットフードや、ウサちゃんのおやつ、野菜を食べていたのに、それがどんどんグレードアップしてきた。ちょっと古くなった野菜は食べなくなり、母や弟が食べているものを欲しがるようになった。後ろ足だけで立ち上がり、両前足をちょっと曲げて小首をかしげる。そして黒い大きな目でじーっと見つめる。

「ちょうだい」

のポーズをされると、母も弟もでれーっとなって、ついつい御飯などをやってしまう。二人が食事をしていると、二人の間を行ったり来たりして、ちょうだいのポーズでおねだりするというのだ。

あるとき、

「おじさんが、ラビットフードを食べなくなってねえ」

と母が電話で心配そうにいうので、体調が悪く食欲がなくなったのかと思っていたら、そうではなかった。他のものをやるので、ラビットフードは食べなくなっただけのことだった。御飯が炊きあがり、母がしゃもじで御飯をほぐしていると、たたーっとおじさんが走ってきて、興味深そうに眺めていた。

「あら、食べるの」

と母が炊きたての御飯を小さく丸めてやってみたら、大喜びで食べた。それから母が電気釜を開けると、ちょうだいのポーズで待機しているというのだ。ところが保温していたり、電子レンジで再加熱したものは食べない。とにかく炊きたてじゃないとだめなのである。

「御飯が炊けたらいちばん最初に、小さなおにぎりを作ってあげるの。もちろん塩は入れないけど」

「そういうことをするのも、ほどほどにしたほうがいいんじゃないの」

「そうなんだけどねえ。おじさんがものすごく喜ぶのよ」

飼われている動物にとっては、食事は重要な楽しみだ。母が庭で作ったとれたてのトマトは喜んで食べるが、店で買ったトマトを前にすると、いまひとつ食欲が盛り上

がらないらしい。それもまた、

「私が作ったほうを喜んで食べる」

と母はうれしくてたまらない。ところがお中元で桃をいただいてからは、ちょっと状況が変わった。うちの場合は昔から、到来物があると、飼っている動物たちに、

「いただきました」

と見せるのが習慣である。わかっているのかいないのか、動物たちも「ふむ」という態度であった。そのときも飼っている鳥のチビタンと、おじさんに、

「桃をいただいたわよ」

と報告した。チビタンは、

「チチッ」

と返事をし、おじさんはまたまた興味津々で、桃を手にした母のあとをくっついて歩いていたらしい。チビタンにちょっとお裾《すそ》分《わ》けしたら、よろこんで食べた。あまりに興味を示すので、おじさんにも試しに、

「ほーら、桃だよ」

と皮をむいてやってみたら、かぶりついておいしそうに食べる。そして食べ終わったあとは、きれいに毛繕いをして、体全体から「満足」という言葉を発していた。そ

れからおじさんは桃をもらう日々が続いた。

「桃はおいしいね」

母がそのたびに話しかけ、一緒に食べ続けて一週間たったとき、彼女は、

「おじさんが桃という言葉を覚えた」

といいはじめたのである。

おじさんが家の中で遊んでいるとき、

「桃だよ」

と声をかけると、ものすごい勢いで走ってきて、まるで、

「桃、桃、桃だあ」

と叫んでいるかのように、大興奮して探すそぶりをしたという。もちろんそのあとに桃をやると大喜びだった。たまたまではないかと、今度は、同じような状況で、

「トマトだよ」

と声をかけたら、

「ふんっ」

とそっぽをむいていたらしい。「トマト」「桃」という言葉を覚えたと信じている母は、

「おじさんは本当に頭がいいわ」

とおめでたく、手放しで喜んでいるのである。

弟はテーブルの上におじさんが乗るのを嫌がるのだが、母は気にしていない。彼がいるときは従うのだが、いなくなると、

「本当にお兄ちゃんは、細かくてうるさいわね」

とおじさんのしたい放題にさせて、ちゃっかり味方につけている。母一人になったときはおじさんにとって怖い物なしの天下になる。といっても家具やコードをかじったりするわけでもなく、テーブルセンターのフリンジなんかを、ちょこちょこっとしゃぶるだけで、室内の物には傷をつけない。ただ上にとび乗ったり、下りたり遊んでいるだけだ。飽きると庭に出て走り回る。母が、

「おじさーん、おうちに入りなさい」

と呼ぶと、全力疾走で戻ってきて、母のふところめがけて飛び込んでくる。そして、

「しゅりしゅりしてちょうだい」

と母が抱っこすると、おじさんはくうくうと鳴きながら、母の顔を両前足で触り、鼻面を押しつけてくる。すると母のドーパミンはがーっと一気に分泌され、

「しゅりしゅりー、しゅりしゅりー」

といいながら、おじさんに顔を押しつける。七十歳近い女と、おじさんという名前のウサギが、お互いの顔面を両手で持ちながら、顔をこすりつけあっている、微笑ましいといえば微笑ましく、恐ろしいといったらこの上もなく恐ろしい光景が、繰り返されているのだ。

トマトと桃だけではなく、他の言葉もおじさんは理解していると母は自慢する。テーブルの上で遊んでいるおじさんに向かって、

「あら、そろそろお兄ちゃんが帰ってくる時間だ」

と声をかけると、さささーっとテーブルから下りて、二度と上がらない。たとえば客間など、勝手に入ってはいけないところに、入っているのが見つかると、たーっと走って逃げる。他の部屋だったらそういうことはないのに、そこに入ってはいけないとは認識しているようだ。そして最近では、母が料理の準備をしようと、冷蔵庫を開けると、ものすごい勢いで走ってきて、後ろ足で立ち上がり、母と一緒になって庫内をのぞきこむ。そして、

「これはおじさんは食べられないよ」

と追い払おうとすると、

「ふー」

と怒る。テーブルの上にティッシュペーパーを一枚置いてやると、端っこからもそもそと口でたぐり寄せようとする。おじさんが新しく考えた遊びなのである。少しずつ少しずつたぐるのを、母はずーっとそばについて、

「がんばって、がんばって」

と声をかけながら拍手をする。そしてたぐり終わり、口にティッシュをくわえたおじさんは、うれしそうにはしゃぐ。それが、

「やった、やったあ」

といっているようだと母はいい、とにかく、

「人間の子供よりもかわいい」

と目を細めるのである。

宅配便のお兄さんがやってくると、おじさんがひょこひょこと出ていく。廊下の端っこで、じーっとお兄さんを見ている。

「おいで」

彼が手招きすると、小首をかしげてしばらく考えているが、くるりとお尻をむけて部屋に入ろうとする。そこでまた、

「ほら、おいでよ」

と声をかけると、振り返って彼の顔をじーっと眺めて、結局は、ぴょんぴょんと跳ねて姿を消してしまう。それでもお兄さんが、

「本当にかわいいですねえ」

とお上手をいってくれるものだから、母は有頂天になっているのだ。

出かけるときも、ちゃんと事前に説明をする。前の晩から、

「明日から旅行に行ってくるからね。御飯はお兄ちゃんがくれるから大丈夫よ。あさっての夜、帰ってくるから、おじさんはちゃんといい子してお留守番をしているのよ」

と抱っこをしながら話しかけると、黒い大きな目でじーっと母の顔を見上げている。そしてまとわりついて離れない。翌朝、ぺたぺたくっついてくるのを、母が、

「出かける準備をしなきゃならないから、おとなしくしていなさい」

と叱ると、母のベッドの上に飛び乗って、じーっと姿を目で追い、決して邪魔をしない。チビタンにも声をかけると、

「チチッ」

と了解の返事をする。両方とも後追いせずにおとなしくしているので、それがまたいじらしいと母はいうのだ。

旅行から帰ってくると、おじさんは最初はすねて知らんぷりをしているのに、

「どうしたの、おいで。ほら、いらっしゃい」

と何度も繰り返すと飛びついてくる。そしてまた、例の「しゅりしゅりー」がはじまる。たしかにチビタンもおじさんも、母にあんなにかわいがられて幸せだ。しかし私はどうしても、母とおじさんが「しゅりしゅりー」をしている姿は恐ろしくて想像できない。おじさんはかわいいからまだしも、母の恍惚《こうこつ》とした表情を見るのは、ものすごく怖い。おじさんには人が入っていて、母のほうには妖怪が入っていそうな気がする。私はその現場には絶対に遭遇したくはないが、

「とにかく、あなたがたは幸せで結構。いつまでも仲よく元気で過ごしてくれい」

と思うばかりである。

ぽっくり死にたい

三十代の半ばごろ、男女八人と夕食を食べながら話をしていて、お墓の話題になったことがある。そのなかの私よりも五歳年上の男性が、

「おれは高台の墓で、上から景色が見渡せるような、環境のいい所がいい」

といったので、びっくりした。すぐさま、

「死んだら景色なんてみられないんだから、関係ないんじゃないの。どうして、そんなことを考えるの」

と聞いてしまった。十歳ほど年下の女性も、

「そうよ、死んだら何もわかんないんだから、そういうのって無意味」

ときっぱりといい放った。すると彼は、

「そんなことをいうなよ」

ととても悲しそうな顔をした。

「とにかくそういう場所に墓を建てるのが、おれの夢なんだからいいじゃないか」

といったあと、

「こういうことを考え始めると、人生の後半戦に入るらしいんだよ。おれは若い頃は墓のことなんか、全然、考えなかったけど、三十半ば過ぎたころから、やたらと墓が気になりはじめたんだよなあ。だからおれはすでに人生が後半にはいったということなんだ」

としみじみといった。しかし私たちは、

「ふーん」

と彼のしみじみに感銘してうなずくわけでもなく、ただ相槌を打って目の前のイタリア料理をぱくついていた。彼は一人、空《くう》を見つめながら、

「ふと気がついたら、中年になっていたなあ。女と出会い、別れ、おれも大人になった。大人になってふと過去を思うと、恥ずかしくてたまらなくなることが山ほどある。忸怩《じくじ》たる思いがおれの体を貫いていくのだ」

と語り続ける。しかし彼のそんな高尚な想いに同調するものは誰もおらず、

「ふーん」

と上の空で聞いているだけだった。

本当に当時の私は、墓のことなど考えたこともなかった。二十代の若い人はなおさらであろう。自分が亡くなるときのことは、もっと若いときのほうがひんぱんに考えたような気がする。中学生や高校生のときは、死ぬことがとても恐ろしくてしょうがなかった。だいたい当時はあのノストラダムスの大予言が席巻《せっけん》していたから、一九九九年に自分が死ぬという前提であれこれ物を考えたりしたこともあった。新聞に悲観して自殺した若者がいたという記事も出た覚えがある。四十五歳で終了という人生になる可能性が出た私が出した結論は、

「そのときはやりたいことはすでにやっているだろうから、死んでもいいや」

であった。高校生の私にとって四十五歳の人というのは、おじさん、おばさんで、老人ではないけれども感覚として、いつ死んでも仕方ないんじゃないのという範疇《はんちゅう》に入っていたのである。ところがいざ自分がその歳になってみると、やりたいことなど何もやっておらず、死ぬなんてとんでもない。高校生に面と向かってそんなことをいわれたら、

「ふざけんじゃないよ」

といって、一発お見舞いしたくなるくらいだ。

もともと私は死んでからのことには興味がない。墓も準備していないし興味もない。

海に散骨してもらうのがいちばんいいと考えている。ただよく人がいうように、魂があるとするならば、自分の葬式はどんなふうになったか、どこかで見ていたいなとは思ったりする。

「ちぇっ、あいつ、人のいないところで大口開けて笑ってたぞ」とか、「あの人、ほっとしたような顔してたな」とか、参列した人々がどういう態度をするか、それにはとても興味があるのだ。

そんな話を一緒にイタリア料理を食べた女性に話したら、

「そういえばこういう雑誌があったんですよ」

といって見せてくれた。お葬式関係の雑誌なのだが、今時の葬儀って、こんなふうになっているのかとびっくりした。

かわいそうにも幼くして亡くなった子供のためには、シャーリングの薄物の布に包まれ、大きなリボンがたくさんついた棺がある。蓋《ふた》にはチルチルとミチルのお人形がくっついている。大人用には輪島塗蒔絵《まきえ》調棺。これに亡骸《なきがら》を寝かせて部屋に置いておいたら、それに気がつかない泥棒が、お宝が入っていると勘違いして、家に帰って開けてみて仰天する可能性もありそうだ。

「これでご遺体保存の悩み解消！」

と明るくキャッチコピーが書いてあるので、何かと思ったら、「遺体保冷庫」の広告だった。キャッチの下に、

「家庭用電源100W～400Wでご使用できます」

と書いてある。コンセントを専用にしなければならない、うちのデロンギのヒーターよりも使いやすそうだ。

「霜取り装置付きなので、常時マイナス五度まで使用できる」

「遺体受け皿つきなので、棺に入れずに収納できる」

それが売りだ。たとえばこれに亡骸を入れておけば、冬場も室内に十分に暖房をきかせることができる。保存がきくので遠隔地の人々に余裕を持って連絡ができる。遠方にも運搬できる。殺菌防臭装置が付いている。つまりこれまでは、そのような部分に問題があったということなのだ。

私は全く知らなかったことなので、一字一句読みながら、

「へえ、はあ」

と感心していた。また遺影もプリクラみたいなシステムになっていて、顔面をくりぬいた礼服を着ている基本形の写真があり、そこに本人の顔をはめこむだけ。いかにも、

というしない。存命中から遺影をどうするかなどという話は、しづらいものである。割り切っている人はいいけれど、そうではない人は縁起でもないと嫌がるだろう。しかしこれだったら、私が鳥取のゲームセンターでやった、ちびまる子ちゃんの顔のなかに、私の顔面をはめ込むプリクラよりもはるかに簡単そうだった。そして見本では、私とちびまる子ちゃんの合体よりは、はるかに自然な仕上がりになっていた。業界も進歩しているのである。

またその雑誌に掲載されていた、人望が厚く商才にたけた大会社の社長の葬儀のレポートもすごかった。斎場の入り口に、にこやかに電話をかけている本人の、ものすごく大きな写真が掲げられている。私はこれまで何回か葬儀に出席したが、祭壇以外にそれも斎場の入り口にどーんと写真が、それも仕事中の姿が飾られているのなんて、見たことがなかった。ご本人は生前に自分で葬儀の次第を考え、最後はレーザー光線とスモークによる演出の、野辺送りロードを遺骨が進んでいったということである。きっと亡くなったときのことも人まかせにせず、最後の一仕事として企画なさったのであろう。

そのほかいろいろな葬儀のレポートが掲載されていたが、それを見ていて思ったの

は、どんな葬儀であっても、当人は死んじゃっているからいいが、

「出席する人や周囲の人が大変だ」

ということである。心浮き浮きと葬儀の準備をし、参列する人などいない。だいたい気候のよいときには不祝儀は少ないから、ただでさえ気候が悪く、人々の体調が悪いときに不祝儀が起こりやすくなる。体調の悪い人が葬儀に参列してまた病人が増えてしまうことにもなりかねない。多くの場合、喪服を着用することになっているから、奥の方から引っぱり出す。手入れがよければいいが、冬服の場合はしまいっぱなしになっていて、何となく湿気くさい匂いがしたり、夏服の場合は一度着たあと、そのままほったらかしにしておいて、出してみたら汗をかく場所に、白く汗じみが浮き出していたりする。

「こんなことになっていたとは」

とばたばたと準備をしなければならない。黒いネクタイがどこかにいっちゃったり、布製のバッグや靴が見あたらなかったり、参列する人々のなかには、こういう人が何人かはいるはずだ。

参列する人だけではなく、式を取り仕切るほうの人々だって、すぐに意見が一致するわけではないだろう。料金のことから式次第に関しても、ああだこうだと揉《も》めるこ

とだろう。それもみんな悪意があってやっていることではなく、よりよいほうにと思ってやっているから、余計に始末が悪い。またそこに亡くなった本人のわかりもしない心情を引っぱり出し、

「故人はこれは好きじゃないはずだ」

などといいはじめると、あとは泥沼状態である。それを死んだ私が面白がって眺めているというのも一興かもしれないが、どちらかというと、

「やめてくれえ」

という思いのほうが強い。とにかく香典供物だとかお返しだとか、お互いに面倒くさいことはやめましょうという方向でいきたいのだ。

「それはちゃんと、遺言状に書いておかなくちゃだめよ」

三歳年上の女友だちはいった。

「私は毎年、新年になると遺言状を書き改めるのよ」

彼女は会社を経営しているし、持病に喘息《ぜんそく》があるので、いつ何時、何があってもいいようにと準備しているとのことだった。

「生きているうちに、亡くなったあとはこうして欲しいっていう意思を紙に残しておいたほうがいいわよ」

それはもっともである。死んだあとは何もいえないんだから、その意思をあとの人に伝えておかなければならない。

「なるほどねえ」

深く納得したが、正直いってまだ遺言状を書き残す気にはならない。五十歳になったら書こうかなとは思っている。

先日、編集者に手相を観てもらったら、一目見るなり、

「どひゃー、うちの娘と感情線が全く同じ。うちの娘もきっついんです」

と叫んだ。私も仕事をするにはいいが、きっつい手相なんだそうである。おまけに事故ではなく、ぽっくり死ぬらしい。これは私の理想である。私の祖母は九十六歳で亡くなったのだが、死ぬ直前まで元気だった。朝御飯を食べ、自分の分の食器を洗い、のんびりと食後をソファに座ってくつろいでいた。そしてそのまま亡くなったのである。祖母の亡くなり方を知った私は、本当にうらやましかった。墓なんていう、死んだあとのことはどうでもいいが、私は死に方には理想を持っている。しかし墓よりもこっちを現実化するほうが、はるかに大変だ。とはいえ誰も将来のことなどわからない。私は、なるようにしかならないわなあとつぶやきながら、日々を暮らしているのである。

当たり屋ダーちゃん

最近、子供がいない夫婦が犬を飼うケースが多い。それもほとんど中型から大型犬ばかりで、いちばん人気はゴールデン、ラブラドールといった、レトリバー犬なのだ。都会のマンションで飼うためには、仔犬のころからトレーナーについて、飼い主ともども訓練を受けなければならないと聞いて、

「そこまでする必要はあるのか」

と思っていた。しかし大型犬の場合は特に、きちんと教えるべきことをプロが教え、それを飼い主が引き継がないと、一般の人に迷惑をかけることがあるという。犬がじゃれているつもりでも、子供に体当たりをしたりすると、転んで怪我をする場合もあるし、散歩のときに犬が急に走り出して、ハーネスを持っている飼い主が脱臼《だっきゅう》するケースもあるそうで、昔とは相当に犬の飼い方も変わってきているらしい。外国の犬みたいに広い敷地内を自由に走り回れればいいが、彼らが飼われているのはマンション

である。私の個人的な意見としては、マンションでしか犬を飼えない人は、大型犬を飼うべきではないと思っているのだが、きちんと環境に順応するように犬を訓練して、飼うという考え方もあるのだ。

マンションで飼われている、ラブラドール・レトリバーのダニエルくんというオスの一歳の犬がいる。若いカップルが飼っているのだが、小さいときにはアスファルトを散歩させると、関節を傷めるというので、車で多摩川べりまで連れていき、そこで散歩をさせるという、お坊ちゃん育ちなのである。あるとき女性のほうが会社に出勤する前に、ダニエルくんを散歩に連れていった。散歩は大好きだから、犬はぐいぐいと彼女を引っ張っていこうとする。しかしこれは犬がやってはいけない行為なので、彼女は犬がおとなしく自分の横を歩くようにと、叱りながら歩いていた。

犬は散歩中、出すものを出す。道路で催して脱糞したので、彼女はしゃがんで、持ってきた袋で後始末をしようとした。量も多いので一苦労である。糞を処理するとき、ハーネスを持つ手が少しゆるんだのを察知したダニエルくんは、ハーネスをひきずったまま、ものすごい勢いで一目散に走っていってしまったのだ。

びっくり仰天したのは彼女である。まさかそんなことになるとは思ってもみなかったので、糞が入った袋を握ったまま、

「ノー、ノー」

と大声で叫びながら、後を追いかけた。ダニエルくんの訓練は英語でやっていたので、「こらー」とか「止まれー」などと叫んでも、理解できないのである。道行く人々は、

「何やってんだ、この人」

というような顔で、彼女を見ている。しかし本人はそれどころではなかった。そこはT字路になっていて、その道は一本道だが、突きあたりにある道路は交通量も多い。何かあったら大変と必死に追いかけたものの、犬の全力疾走にはかなわず、彼女は犬を見失った。それでも走り続けていると、どーんと何かがぶつかった音と、

「キャイーン」

という犬の悲鳴が聞こえた。

「ああっ、死んだ」

瞬間的に彼女は思った。走りに走って、やっとT字路にたどりつくと、そこには車が一台停まっていた。運転していた男性が外に出て呆然と立ちつくしている。彼女は、

「申し訳ありません」

と彼にあやまり、車の下をのぞいてみた。ところが犬の姿はなく、血溜まりにもな

っていない。首をかしげていると、そばで一部始終を見物していたおばさんが、

「犬はあっちに走っていったわよ」

と教えてくれた。彼女はもう一度、男性にあやまったが、あまりにびっくりしたのか、全く反応はなかった。

犬が走っていった方向は、家に帰る道だった。

「死んでないことはわかったけど、瀕死《ひんし》の傷を負って、びっくりして逃げているのかもしれない」

走りながら彼女は涙が出てきた。すべて自分の責任で、もしものことがあったら、どうしようと不安になったのである。彼女はとにかく、住んでいるマンションに戻った。もしかしたらと階段を上がっていくと、ドアの前にはすでにダニエルくんが待っていて、

「お母さん、帰ってきたあ」

といいたげに、大喜びしていた。

「怪我は？　どこか痛くないの」

すぐにダニエルくんの体を調べてみた。すると首から横っ腹にかけて、まるでプリントしたかのように、くっきりとタイヤの跡がついているではないか。

「大丈夫なの？」

彼女の心配をよそに、ダニエルくんは体のあちこちを触ってもらって、大喜びで尻尾《しっぽ》を振っている。出勤時間が迫っていたので、とりあえず見た目では元気なことを確認したので、後ろ髪を引かれながら、出勤した。ところが会社の人が、彼女の顔色の悪さに気がつき、理由を聞いたところ、

「それはすぐに帰ったほうがいいんじゃないか」

といってくれて、彼女はまたすぐ家に戻った。電車の中でも、

「もしかしたら、すでに死んでいるのではないか」

と心配でならない。胸をどきどきさせながら、ドアを開けると、

「わあい、お母さんが帰ってきたあ。いつもより早あい」

と大はしゃぎをしている。ほっとしたものの、内臓のダメージは外見からわからないので、すぐに獣医さんに連れていった。お医者さんは触診したあと、

「この調子では大丈夫でしょう。CTにかける必要はないと思います」

といった。そう診断されても、昨日はそうだったが、今日になって容態が急変するのではと、彼女は事故があってから一週間は、気が気じゃなかった。無邪気で元気なのはダニエルくんだけだ。半月過ぎても元気なので、どうやら何事もなかったと彼女

は安心したのだが、いちばん気の毒だったのは、車を運転していた男性である。突然、横道から犬が飛び出してきて、明らかにぶつかったのに、一瞬のうちに姿を消してしまった。彼の驚きは想像するに余りある。

「お金は取らないけど、当たり屋みたい」

それからダニエルくんは、「当たり屋ダーちゃん」とあだ名がついたのである。

このダーちゃんは、無邪気な性格のよいいい子なのだが、人受けはするが犬受けはしない性格である。公園に散歩に連れていき、同じ犬種を連れている人と話していて、ふと気がつくとダーちゃんは相手のメス犬にのしかかっていた。

「何やってるの!」

顔から火が出そうになりながら大声で叱ると、

「大丈夫ですよ。うちの子は避妊手術をしていますから」

と飼い主はいってくれたが、人前でこういうことをされると飼い主はどういう顔をしていいかわからない。彼女はあやまりながら、ダーちゃんをメス犬から引き離し、ああいうことはしてはいけないと教えた。しかしそれは本能にかかわることでもあるし、ダーちゃんに伝わったかどうかはさだかではない。

ダーちゃんは他の犬に対してもとっても友好的で、すぐぺったりとくっついていく。

飼い主とボール投げ遊びをしている犬を見つけると、勝手に自分も参加して、その犬にとっても嫌がられたりする。それでもダーちゃんは気にすることもなく、他の飼い主が投げたボールを、一生懸命取ろうとして、そこの家の犬に嫌われるのだ。

「とにかく、しつこいんですよね。すぐにまとわりつくし。同じ犬に嫌われるっていうのが不憫《ふびん》なんですけど」

彼女はいった。しかし当のダーちゃんはそういうことがあってもめげることなく、いつも元気に暮らしているのだ。

この夏、ダーちゃんは体中にあせもができてしまった。水に濡らすのはいけないといわれていたので、川に連れていくのもやめて、とにかくあせもが完治するようにと、養生していた。熱帯夜が続いている深夜、彼女は風呂場から聞こえてくる音で目を覚ました。彼が帰ってきてお風呂に入っているんだなと思いながら、また眠ろうとすると、ダーちゃんがやってきた。

「あ、来たの」

体を撫《な》でてやろうとした彼女は、びっくりして飛び起きた。風呂に入っていたのは彼ではなくダーちゃんで、びしょびしょの体のまま、彼女のベッドまでやってきたのだった。それを聞いて、

「せっけんは使っていたのか」

といってしまったのだが、さすがにそれはないようだった。水遊びが大好きなダーちゃんは、風呂に残り湯があるのを見て、それで遊んじゃったのである。

「ダーちゃん。面白い！」

私は誉めたのだが、彼女は、

「全く、ろくなことをしないんですよ」

と呆《あき》れ顔になった。

そして最近の大ヒットは、別のカップルが飼っている、同じ犬種のオスのドンちゃんがやらかした、「ドンちゃん変態事件」である。奥さんが洗濯を終え、ベランダで干す作業をしていたら、自分のパンツに大きな穴が開いているのに気がついた。驚いて一緒に洗ったその他の自分のパンツを調べてみたら、全部、股《また》の部分が丸く食いちぎられていたというのだ。まさか夫がそんなことをするわけもなく、やるのは一人ならぬ一匹しか考えられない。洗濯機の横のカゴに、脱いだ物を入れておくのだが、ドンちゃんはその中から、彼女のパンツだけを選び出し、股の部分だけ食いちぎっていたのだ。以前、カゴの中に入れてあった衣類を散らかして、いけないと叱ってからそういうことはしなくなった。つまり、ドンちゃんは彼女のパンツをより出したあと、ちゃんと元に戻しておいたということになる。私はそのときのドンちゃんの姿を想像して、腹を抱えて大笑いしてしまった。

「きっと食いちぎる前に、パンツを頭にかぶっていると思うね」

といったら、

「やめて下さいよう」

と彼女は泣き笑いの表情になった。それから脱いだ物はカゴに入れるのはやめ、洗濯機に直接入れることにしたそうである。

「おかげさまで、私のパンツはすべて新品になりました」

そして彼女のパンツの股の部分は、ドンちゃんの糞の中から次々に見つかった。また叱られたあとには、飼い主がかわいいといってくれた顔の表情を覚えていて、ドンちゃんはその顔を作ってすり寄ってくるようにもなったという。こんな得難いキャラクターのダーちゃんやドンちゃんが、末永く元気でいてくれて、笑いを提供し続けてくれることを、私は願ってやまないのである。

私はイソノフネ平⁉

たまにきちんとヘアメイクの方に外見を整えていただき、写真を撮ってもらうことがある。何か月か前、室井滋さんが対談の連載をしている着物雑誌に、相手として呼んでいただき、着物を着ることになった。室井さんは女優さんなので、指定されたヘアメイクの方がつくのだが、

「群さんはどうしましょうか」

と編集者にいわれた。

「いいです。このままでやりますから」

と答えると、向こうが電話口で黙ってしまった。そしてとっても困った声で、

「それはちょっと……」

というのである。私はしばらく考え、彼女のいった言葉が、

「指定の人はいるか、それともこちらで選んでいいか」

という意味だということをやっと理解し、

「あ、あの、どなたでも結構です」

といい直した。すると彼女はほっとした明るい声になり、

「わかりました。では当日、お待ちしております」

と電話を切った。

たしかに四十の半ばを過ぎようとする女が、それも女優さんのように人前に出る職業ではない女が、

「このままでいいです」

といっても、世間が許してくれないだろう。私はこのときに深く反省し、

「手抜きをしてパスポートの写真を撮影しに行って、とんでもない現実を目の当たりにし、仰天してあとから撮り直したことを思い出せ」

と自分にいいきかせたのである。

当日、私は手持ちの結城《ゆうき》の着物を持って、現場に向かった。私のヘアメイクをしてくれるのは、まじめそうな若い青年だった。彼は着物姿の女優さんのヘアメイクの仕事を多くしているという。ふだん私は化粧をほとんどしないので、プロにやってもらうのが楽しい。化粧品が合わないと翌日に顔にぶつっと吹き出物ができたりするのだ

が、それでも化粧をしてもらうのは楽しいのである。そのときにここぞとばかりに、いろいろと聞いてしまう。不思議なことに、これまで何回かメイクをしてもらったが、私の顔に似合う色を聞いたら、全員の答えが一致していた。ブラウン系のグラデーションということである。私の顔には青や緑といった色味を感じさせる物が似合わない。眉毛、アイラインの色も、グレーやブラウンといったほとんど同じ色系統で、それを見ながら私は、

「なるほど」

とうなずいていたのである。

次に驚くのは、顔面の地塗りにとても時間をかけるということだ。今はリキッドファンデーションは使わないが、若いころに使っていたときは、横に伸ばしていっただけだったが、彼らがやるのは塗るというよりも、地肌にたたき込むといったほうがいい作業である。ファンデーションを指につけ、それを少しずつ肌にたたき込んでいく。毛穴すっきりパックを使ったら、毛穴から五ミリくらい、にょきっとファンデーションが出てくるのではないかと思うくらい、これでもかとたたき込む。目の周囲は特にていねいに、明るめの色をつけ、エラの部分には濃い色をつける。

(そうだよね。私、エラが張ってるもんね)

と思いながら、鏡を見ている。

「いったい、この平たい顔ひとつに、何色のファンデーションを使ったんですか」

と聞きたくなるくらい、場所に合わせてていねいに色を混ぜていく。ふだん私は外に買い物に行くときは、顔を洗っていちおう粉をはたいて出る。顔を洗ってからちょっと足をのばして買い物をし、家に帰るまでだいたい一時間かかるのだが、プロにメイクをしてもらうと、顔だけで一時間近くかかる。どれだけていねいに作業をしているかがわかるのだ。

地塗りが終わるとメイクアップなのだが、ここでもていねいにブラウン系のぼかしの作業とテクニックが駆使される。ふだんは全くやらないアイラインを入れ、マスカラもていねいにつけてもらい、眉毛も描いてもらうと、あーら、びっくり。まるで別人の私がそこにいた。目はぱっちりとして顔だちが垢抜《あかぬ》けてみえる。

「どはははは」

あまりにいつもの自分と違うのと、気恥ずかしくなったのとで、私は思わず鏡を見ながら笑ってしまった。それを見た青年は、

「あの、どこか、いけないところがありますか」

と心配そうにいった。

「いえ、どこもかしこも違うので、見慣れないから何だかおかしくて」

といったら、

「ああ、そうでしたか」

とほっとしたようだった。

ヘアスタイルも整えてもらうのだが、私の場合はショートなので、特別、セットくらいで何もしないだろうと思っていた。

「ご希望はありますか」

と聞かれたので、

「おまかせします」

と答えた。自分があれこれいうよりも、プロの目で自由にやっていただいたほうが、新しい発見があって面白いからだ。すると彼は、髪の毛を全体的に後ろにブローしはじめた。着物のときには顔の輪郭を出したほうがいいと書いてあるのを見たことがあるから、そうやっているのだなと思っていたら、突然、彼は持ってきた鞄《かばん》の中から黒い毛の固まりを取り出し、

「それではお髷《まげ》を……」

と小声でいった。

「へっ？」

思わず聞き返した。

「お髷です」

彼はヘアピースを私に見せた。

「え、この頭にそれが付くんですか」

ヘアピースをつけるとなると、地毛にある程度の長さが必要な気がする。ヘアピースをつけるには、後ろでひとつに髪の毛をゴムでしばって、五センチくらいの長さがなければならないのではないだろうか。

（この短さに髷……）

とにかく想像もしていなかった事態に、ただびっくりしていると、彼は、

「襟足の毛の長さが一センチあれば、付けることができます」

ときっぱりといった。それが着物姿のヘアメイクに慣れている人の技術らしいのである。私はこれから髪の毛をロングにする予定はないので、髷があるヘアスタイルになることは絶対にない。髷がある自分がどういうふうになるのか、とっても楽しみになってきて、わくわくしながら彼の作業をじっと見ていた。するとほどなく、まるで襟足から長い髪をまとめ、髷にしたようなヘアスタイルができあがった。

「どははは」

完成した姿を見て、また笑ってしまった。想像もつかない「お髷」をつけた自分がそこにいたからである。

着物スタイリストの友だちが様子を窺《うかが》いに部屋に入ってきて、私の姿を見るなり、

「わあっ、あっはっは。髷がついてるう」

と大笑いした。自分でも、

「こんなに違う自分は初めてだ」

と思っているのだから、知り合いが見たらびっくりすることだろう。着物を着て、中身はずっこけてるが、外見は二の線の私が出来上がった。見知らぬ人に、

「さて、私はどういう職業で、どういう立場の人間でしょう」

と聞いたら、どのように答えるかを想像してみた。旅館や料亭の女将というほど貫禄はないし、パートの仲居さんにもみえない。銀座のホステスさんというほど色気はないし、二号さんにしては気が強すぎるようにみえる。日本舞踊の先生にしては立ち居振る舞いがぞんざいだし、着物は着ているが和物の習い事に精通しているとはとても見えない。鏡を見ながら自己分析した結果、

「料亭の女将である姉の仕事を、アルバイトで手伝っている嫁ぎ損なった妹」

が妥当であろうと思われた。そして私は何だか楽しい気分になって、対談をし写真を撮ってもらったのである。

後日、その雑誌を見た母が電話をかけてきて、

「やだー、お姉ちゃん、見たわー、やだー、どうして平たくて目が細くてエラが張ってぼーっとした顔が、ああいうふうにすっきりするの？　プロはやっぱりすごいわねえ」

と一人で興奮している。

「そういうふうに生んだのは、あんただろうが」

といいたくなった。雑誌に出ると話すと、大騒ぎをするから黙っていたのだが、どうも近所の人に教えてもらったらしいのである。

「近所の人には、ふだんの娘、そのままに写っていますっていうんだぞ」

と念を押したら、

「あらー、もうみんなには、『こんな顔じゃなくて、ふだんは目はこの半分だし、顔の幅も倍くらいあるのよ』っていっちゃった」

というではないか。本当に気遣いという言葉を知らない女である。そのあげくに、

「ところで着物のコートの請求書がそちらに回るからお願いね」

といってさっさと電話を切る始末だった。彼女に対して殺意が芽生えたのはいうまでもないが、親も驚くほど私の顔は変わっていたのである。

そしてまたつい最近、本のグラビアのために着物姿で写真を撮影した。戦前の女性作家に扮するのであるが、かつらをかぶり、丸眼鏡をかけるので、特にヘアメイクの方をつけてもらわなかった。着物スタイリストの友だちに当時の雰囲気が出る着物と帯を持ってきてもらい、それを着て神楽坂の旅館で撮影をした。頭の中には写真で見た、黒ぶちの丸眼鏡をかけた着物姿の林芙美子になった私の姿が浮かんでいた。撮影が終わり、のちにレイアウト見本のカラーコピーを見せてもらったのだが、「お髷」といわれたとき以上に、びっくりした。そこには戦前の女流作家でもなく林芙美子でもなく、新手のお笑いキャラクターがいたからであった。そのとき私はすこぶるまじめに撮影に臨んだのだが、ただそこに立っているだけで、自分でも、

「どははは」

と笑ってしまうくらいだった。

「どこかで見たような気がするなあ」

と考えていたら、ふと思いあたった。髪型や着ている着物、割烹着《かっぽうぎ》はサザエさんの母、イソノフネさんである。ところが顔が波平なのである。写真に写っている私は、

間違いなく「イソノフネ平」だったのだ。着物スタイリストの友だちは、写真を見てまた腹を抱えて大笑いである。二の線でも三の線でも笑われる私。どうせ笑われるのであれば、「料亭の女将の妹」というよりも、中身と外見が一致した「イソノフネ平」のほうが、

「やっぱり面白いわい」

と自分の性分をちょっとだけ呪いつつ、納得したのであった。

二〇〇〇年カレンダー事件

翌年のカレンダーや手帳が発売になる十一月の初旬、私はいつものように隣町に、散歩がてら買い物に行った。仕事のスケジュールに使う手帳は、毎年決まった物を使っているので、机の横に立てておけるような、小型の書き込み式のカレンダーを買おうと思ったのだ。私は基本的に締切は絶対に守る質《たち》なので、ひと月の締切日がひと目でわかるカレンダーが必要なのである。出版社が送ってきてくれる大型の物は、電話の所の壁にかけてある。予定を聞かれたときに、すぐ答えられるようにである。電話と机は少し離れているので、無駄かと思いながら、二種類のスケジュール表が必要になるのだ。

雑貨店を何軒かまわったが適当な物がない。ただ枠だけが印刷されていて、日付を自分でかき込むスタイルの物はいつでもあるのだが、日付を書き込む作業が面倒くさい。もうちょっと後になったら、種類も増えるのだろうかと思いつつ立ち寄った最後の店で、ちょうど大きさも手頃で、日付はすでに印刷済み。用件だけを書き込めるようになっている物を見つけたので、ああよかったとほっとして買ってきた。ところが家に帰ってビニールの封を切り、中をよくよくみたら、不良品だったのである。成人の日が間違っているし、あとの祭日を調べてみたら体育の日も違っている。

「どうしてこんな不良品を売るのかしら」

腹が立ってきた。カレンダーを作る会社は、間違いがあってはいけないのに、よっぽど間抜けな人が担当だったのだろうと、非常に不愉快になった。早速、返品しようとしたのだが、その店のレジの前には、

「どんな返品もできません」

としっかりと書いた紙が貼られているのを思い出した。私は、

「納得できないわ」

と、今度はカレンダーチェックおばさんと化して、翌日、またその店に行き、他にどんなカレンダーを売っているのかを調べた。たまたま私が買ったカレンダーが不良品だったら、これ以上被害者が増えるのを防ぐために、

「これは不良品ですよ」

と指摘したほうがいい。返品してもらえなくてもいいから、それが大人としての役

目だろうと思ったのである。

私はその店に置いてある、大型、小型、卓上型、手帳、あらゆるカレンダーの類をチェックしたのだが、そのすべてが成人の日と体育の日が間違っている不良品だった。メーカーを調べてみたら、すべて同じ会社だったので、一社からまとめていろいろな種類のカレンダー類を仕入れたようである。

「いったい、どういうことなのだ」

その会社が間違えたおかげで、不良品の手帳やカレンダーがこの店の店頭に並ぶことになった。

「ということはこの会社が製作していた、二〇〇〇年のカレンダー、手帳の類はすべて不良品ということなのね」

最初、むっとしていた私だが、この不幸な会社に思いをめぐらし、とんでもないことになったと同情してしまった。

一年に一度発売するカレンダー、手帳で収入を得ているのに、こんなミスをしてしまった。もしかしたら店に出す前に気が付いた所からはどんどん返品され、オフィスにどうにもならないそれらの品物が、山のように積まれているのではないだろうか。このご時世では、どかんと返品がきたら、小さな会社だったらば、一発で潰《つぶ》れてしま

うだろう。回収して間違えた部分に訂正シールを貼ればいいというわけでもなし、

「大変なことになったのう」

とこのとんでもないミスをしでかした会社に、私は深い同情の念を抱いたのである。

家に帰ってカレンダーをよく見ると、中に会社の住所と連絡先が書いてある。

「青山にオフィスがあるのにねえ。美大やデザイン学校を卒業した若者たちが、不況を乗り越えて就職したであろうに、こんなつまんないことで潰れるなんてねえ。だいたい絵を描いたり、デザインをするような人は、数字に弱いからねえ。ちょっと間違えちゃったんだね。校正が足りなかったんだなあ。出版社でも広告の中の大きな文字を誤植していることもあったし。きっと納期ぎりぎりで間に合わなくて、ふっとしたときの気のゆるみが、とんでもないことになっちゃったんじゃないのかねえ」

複雑な思いで電話番号を眺めていた。そしてそこの社長に会ったこともないのに、青山あたりを歩いている、イタリア製の服を着てひげを生やしている男性が、頭を抱えて机の前でじっとしている姿を思い浮かべた。妻は巻き髪でバーキンなんかを持って、ベンツでお買い物をし、子供は有名小学校に入れたりしちゃってるのだろう。それも会社が潰れたら、すべて泡となるのだ。

「どうしてこんなことに」

つまらないミスのせいでと、私は他人事ながら、心を痛めたのである。

仕方なく私は、せっかく買ったのだからと、カレンダーの一月の十五日を赤い○で囲み、十月の十日も赤い○で囲み、赤で印刷してあったカレンダーの数字を、黒く塗り直した。みんなが騒がなければ、この会社もミスをしたのがばれないで、潰れないで済むだろう。あの店が、

「どんな返品もできません」

と書いたのは、それはそれであの会社のためには、よかったのではないかと、不幸中の幸いと胸を撫で下ろした。そしてその店に来る客というのは、呑気《のんき》そうな若い娘っ子ばかりなので、そんな細かいことまで気がつかないだろうし、会社もあの店におろした分に関してはOKだと、まるで経営コンサルタントのような気分になって、あれこれ考えていたのだった。

ところがそれから二週間ほどたって、FM番組をかけながら仕事をしていると、パーソナリティーの女性が、

「来年から成人の日と体育の日は、決まった日にちではなくなったので……」

というではないか。

「へ？」

私はパソコンのキーボードを叩く手を止め、首をかしげた。彼女がいうには、成人の日も体育の日も、日曜日と連続して休みになるように、それぞれの月の月曜日に決まったとか何とかいうのである。私は自分で直したカレンダーをあわてて手にとった。彼女がいったとおり、一月は十日の月曜日が成人の日になっていて、十月は九日の月曜日が体育の日になっている。私はあっけにとられた。

「いつ、そんなことに……」

ぜーんぜん、知らなかった。一九九九年、税金の高さの次に呆然とした出来事だった。自分が知らないうちに、世の中が変わっていて驚いたのは、私に断りもなく、ビルマがミャンマーに変わっていたとき以来だ。

「知らなかった……」

仕事どころではなくなり、私はあまりの自分の無知に呆れ果てた。カレンダーが不良品で返品しようとした私も、すべてが不良品だとわかったときに、会社が潰れてしまうと心を痛めた私も、大間抜けではないか。

「うーむ、たまには世の中の情報を得ることも大切なのだ」

本当にそう思った。不良品だと思った直後、カレンダーの会社に怒りの電話をかけなくてよかった。お店の店員さんに、

「これ、不良品なんですけど。こんな商品、売っていいと思ってるの」

とゴネまくって、店員さんを涙目にさせて、無理やりに返品しなくてよかった。

「こういうとき、私って何かカンが働いちゃって。会社に電話したり、返品しなくてラッキー」

などと、とんちんかんな喜び方をしたあと、

「……本当に全然、知らなかったわ……」

と急にしゅんとして恥じ入ったのである。

私は若い頃、人と話をしていて、

「知らない」

ということは恥だと考えていた。週刊誌、雑誌、テレビなど、あらゆる情報を知り、どんな人と会っても会話ができるようにしていた。とにかく相手がある事柄について話をはじめたとき、それをさえぎって、

「すみません、それ、知らないんですけど。何ですか」

とたずねるのは、私にとっていちばんの恥だった。だからそうならないように、本、音楽、世相、その他のことについて、自分で集められる情報はすべて集めていた。だから毎月読む雑誌の量もはんぱじゃなかった。若かったから、自分が買うとか買わな

いにかかわらず、ファッションや化粧品の流行もチェックし続けていた。とにかく今の情報を知っておくことに、躍起になっていたのだ。

ところが年をとるにつれて、そういう自分がばかばかしくなってきた。

「知らないことを知らないというのが、どうして恥なんだ」

と思うようになったのである。学生のときに習った、「無知の知」という言葉も思い出したりした。自分が普通に生活をしていて、知っておくべきことは自然と頭に残り、必要がないものは通り過ぎていくだろう。何でもかんでも知る必要はないと悟ってからは、買う雑誌の量も激減したし、とっても気が楽になった。そして、相手に対して、

「知らないんだけど、どういうことなの」

と聞いたとしても、何の問題もない。私がやっていたのは、ただの精神的見栄にすぎなかったのである。

だから手当たり次第に雑誌を読むのもやめ、新聞をとるのもやめた。テレビのニュースも気が向いたら見るが、見ない日もある、それでもちゃんと日々は過ぎていき、問題も起きなかった。巷《ちまた》で何が流行《はや》ろうが、面白がって見ているだけで、雑誌でチェックする気はない。洋服にも興味がなくなったので、街を歩いている若い人々を見ては、

「へえ、ああいうのが流行なんだ」

と興味津々で眺めたりしていた。別にそれでどうってことはない。若い頃のことを思い出すと、本当に情報に踊らされていたなと、再確認したのである。

ところが今回のことがあって、

「ちょっとは世の中のことを、知っておいたほうがいいのね」

と反省した。私は人が当たり前に知っていることを知らない。何度も書いているが、「こてっちゃん」を焼いて食べることを知らずに、生のまま食べて吐き、それを一緒に飲んだ慣れないワインのせいだと納得したり、頭のねじの留め具合がゆるんでいるようだ。また最近は物忘れも激しくなってきて、自分でも愕然《がくぜん》とすることが多くなった。最初は、

「何だっけ、何だっけ」

とあせったりしたが、この頃は、

「忘れたということは、たいした内容ではないんだろう」

と思うことにしている。一般的に知っておくべきことと、私が知らなくてもいいことと。このバランスがこれからとても重要になってくる現実が、カレンダー事件で身にしみてわかったのであった。

へっころ谷の不吉な風――不倫旅行の巻

　昨年のクリスマスの日の夜、勤め人ではない女友だち二人と私は、フグ鍋をつついていた。場所はAさんの自宅で、日中私が仕事をしている間に、彼女たちが買い出しに行ってくれていたのである。最近、私たちは、

「食べ歩きなんてできるのは、若い証拠だよね」

と話す。Aさんは私より二歳上、Bさんは三歳上という同年配なのだが、外食よりも何よりも、家で食べる御飯がいちばんおいしいというところで落ち着いているのだ。外食をしたとしても、気のおけない店を訪れるくらいで、新規開拓を張り切ってしようとは思わない。フグも店で食べれば、唐揚げとかバリエーションもあるのだろうが、この歳になると量を食べたいというよりも、友だち同士で、

「何か、体が暖まっていいよね」

とか、テレビを横目で見ながら、出ている人々をさかなに、あれこれいいたい放題

したりしているほうが、ほっとするのだ。

「アメリカ人にはこんな楽しいクリスマスなんか、経験できっこないもんね」

「そうそう、七面鳥なんか食べてさ、また体脂肪が増えるのが関の山よ」

「でも日本でも、それに憧れて、鳥の丸焼きを食べたがる子がいるらしいわよ。私の友だちも子供にねだられて、一羽丸焼きにしたんだけど、それ以来、子供はあれを食べたいっていわなくなったらしいけどね」

飲める彼女たちはワインを飲み、私はお茶を手に、だらーっとしていた。

「いいねえ、へっころ谷のクリスマスは」

Aさんがつぶやいた。いつの間にやら私たち三人は、世の中の人々が住む村から離れた「へっころ谷」の住人と自らを認め、「へっころ谷の民」として生きようと決めたのである。

たとえばクリスマスの夜、私たちくらいの年齢の女性の多くは、家族がいてホームパーティなんぞをしていることだろう。独身であっても、友だち同士で誘い合い、食事をしたりしているのではないだろうか。彼がいる人はデートをしているだろう。いつからそうなったのか記憶はないが、世の中には、ちょっとお洒落《しゃれ》をしたくなっちゃうようなうれしい日というニュアンスがある。同年配の女性でも独身だと、さまざまな形で恋愛をしている人も多い。ところがへっころ谷の住人は、全くといっていいくらいに、関心がない。

「どうして」

と聞かれたりもするのだが、私自身も、

「さあ」

と首をかしげるしかない。不倫にも関心がないし、本当にまれに、

「素敵な人だわ」

と思っても、相手に家庭があるとわかると、

「失礼しましたーっ」

と引き下がる。周囲に波風を立ててまで、自分の色恋ざたに熱心になろうとしないのだ。

街を歩いていると、たくさんのカップルがいる。それを見ると私たちは、

「ねえ、いったいあの男のどこがいいの？」

といってしまうのである。特にBさんは、

「きれいな人同士ならともかく、不細工同士が人前で平気でいちゃつく感覚は許せない。いちゃつくんだったら、人目にふれないところでやれ」

と激怒する。世の中にはカップルを見て、自分に彼がいないことに引け目を感じる女性もいる。とりあえずどんな男性でも、一緒にいればカップルとして形が成り立つので、その気もないのにカップルとしての形を整えるために、男性と付き合う人もいる。しかしへっころ谷では、

「変なのだったら、いないほうがまし」

という感覚なのである。昨年、住所も名前も書いていない手紙が来て、私が「結婚する必要を感じない」といった発言に怒り、

「性格も根性も悪いお前みたいな女は、男から好かれないんだ」

とボールペンでなぐりがきしてあった。それを読んでも胸にぐさっと刺さるなどということは全くなく、

「本当にその通り。文句ある？」

と開き直る。自分のことは棚に上げて、ああだこうだと文句をいうものだから、へっころ谷の住人は、死後、地獄に落ちると約束されている。私たちは人のことを、ああだこうだといったあと、

「これで地獄の二丁目は確実になったわね」

とうなずき合う。

「ふんっ、死んだあと天国なんかに行こうなんて思ってないもんねーっ」

と気分を盛り上げる。そして、

「ねえねえ、地獄に落ちたとき、どの地獄がいちばんましだと思う?」

と討議するのだ。よく知らないが地獄には針の山、火あぶり、糞尿、などの責め地獄があるはずだ。

「舌を抜かれるのは?」

「あれは地獄に落ちたとたんに、閻魔《えんま》さまにやられるんじゃないの? だからそれとは別に、針の山や火あぶりが待ってるのよ」

「えーっ、ダブルで来るんだ」

私たちは結構、真剣に考えた。針の山は痛いし、火あぶりは熱い。糞尿は臭い。そのなかでいちばんましなのはどれか。究極の選択で鼻はだんだん匂いに鈍感になるということに期待して、糞尿地獄を選んだ。

「でもさあ、落語か何かで、死んだ人が地獄に落ちて、先に亡くなった人たちが糞尿の池から首から上を出してて、いいなあと思ってみていたら、『休憩終わり』っていわれて、実は中にずっと沈んでいなくちゃいけなかったっていうのがあったじゃない」

Aさんが思い出し、また私たちは混乱したものの、いちおう、

「どの順番で地獄に落ちるかわからないけど、待ち合わせ場所は糞尿ね」

と三人で確認し合ったのである。

デザートのみかんなんぞをむいて、心の底からくつろいでいると、Bさんの携帯電話が鳴った。彼女は相手に、今、私たちと一緒にいると話し、

「来れば」

といって電話を切った。電話はZさんからだった。彼女は私と同い年で同じように独身だ。彼女は若い女性ならほとんどの人が憧れる職業に就いている。本人も自覚している美人で、たくさんの仕事もてきぱきとこなす。自分で会社も経営し、社員もいる。都内の高級住宅地にマンションを購入したばかりだ。大のスヌーピーファンで、私も彼女からスヌーピーの柄の綿毛布をもらったことがあった。非の打ち所がないのであるが、ただひとつ、彼女は男運が悪いのだった。

私はAさんとBさんから、彼女が年下の妻子持ちの青年実業家と恋愛のまっただなかにいて、体の周りに花が咲き、頭上にひよひよと真っ白なかわいい鳥が飛んでいるという話は聞いていた。たまたま二人がいる場所に遭遇した彼女たちは、その男性とも話をした。そつがなく、人あしらいが上手で、気をそらさせないのだが、へっころ谷の住人は、彼のそういうところが、妙に人擦れしていて気にくわないのであった。

私は彼を見ていないのだが、海外出張に行くときに、

「これを僕だと思って」

と自分がはめていた指輪をZさんに渡したという。それが全く彼女には似合っていなかったと聞き、私は、

「青年実業家なら、似合わない自分の指輪を愛人にさせないで、似合う指輪の一個でも買ってやる甲斐性はないのか」

と怒った。へっころ谷的には、とても彼の評判はよろしくないのである。

Zさんは、彼と外国で過ごして成田から会社に戻り、Bさんに電話をいれてきた。

「いったい向こうでどんなことがあったかみんなで聞きましょ」

へっころ谷の住人は、世界を股にかけた不倫旅行がいったいどんなものなのか、帰朝報告会を楽しみにしたのである。

大きな荷物を下げて、Zさんは姿を現した。

「どうだった、海外でのクリスマスデートは」

「そんなんじゃないの。向こうは仕事だったし」

愛人が来ているというのに、彼はずっと仕事をしていて、日本を離れた愛の「うっふん旅行」というわけではなかったらしい。昼間は流行のセレクトショップを回り、

夜は彼女がベッドで寝て待っているというのに、背中を向けてメールを送り続けている。そしてベッドに入っても何事もなく、毎朝、彼は六時に起きて、ホテルの周囲をジョギングした。Zさんは彼がメール送信作業が終わるまで寝られず、また彼が起きると目がさめ、二人でいる間、ずーっと睡眠不足だったというのだ。

（何だ、そりゃ）

いくら地獄に落ちるとは決まっていても、私たちは思ったことを何でも口に出しているわけではない。

「はあ？」

他の二人も首をかしげている。

「でもね、彼のそんなところも好きなの」

Zさんはうっとりとした。

「はー、そりゃ、よかったねえ」

へっころ谷の住人は上目づかいになって、うなずいた。Zさんはいちばん大きなワイングラスに赤ワインを注ぎ、ぐいぐいと飲みはじめた。

「じゃあ、何のためにいったかわからないじゃないの」

「そうなのよ。そして帰りもね……」

彼はビジネスのチケットをすでに持っていて、Zさんがどうしようかと迷っていると、

「マンションを買ったことだし、エコノミーにすれば」

と彼はいった。

「あとで彼が席を代わってくれたのね」

Bさんが聞いたら、Zさんは黙って首を横に振った。海外に行っても朝六時からジョギングをするくらいだから、体力はあるだろうに、愛人のために席を代わってやるという思いやりは彼にはなかったのであった。

「それって、ちょっとひどくない？」

へっころ谷の住人は怒った。へっころ谷が怒りはじめると、上空にはたくさんのカラスが集まり、ネコはうえーっと鳴き、不吉な風が吹きはじめる。

「楽しいことなんて、ないじゃない」

Aさんがいった。

「そうなの。ジョギングに出かけるときも、私が靴の紐《ひも》をかがんで結んであげたのよ」

「はあ？」

ますますへっころ谷には理解しがたい状況になってきた。愛人は、リスクが大きい

立場なのだから、妻よりもいい思いをさせてもらう存在ではないのか。洋服の一枚、指輪の一個も買ってもらい、そうでなければとにかく男性から優しくしてもらう存在ではないのだろうか。それをしてやれない甲斐性のない男は、愛人を持つべきではないのだ。

「それでいいの?」

Bさんが真顔で聞いた。Zさんのワインを飲むピッチがあがってきた。そして次の瞬間、

「わーん」

と泣いて、彼女はグラスをテーブルに置き、顔を両手で覆ってしまった。

続へっころ谷の不吉な風――号泣、また号泣の巻

突然、彼女が泣きはじめたので、私たちはあっけにとられた。Aさんの飼いネコもびっくりして彼女の顔を見上げている。かわいそうにこのネコは、一週間前に動物病院に行って、全身麻酔で歯石を取ってもらったが、それから鳴き声が出なくなった。ネコなりにショックを受けたのか、急に老け込んですっかり元気をなくしていた。私たちはネコには、

「大丈夫よ、もうちょっと我慢したら声が出るからね」

と慰めていたが、Zさんのそういう姿を見たら、さーっと引いてしまって、なかなか慰めの言葉は口から出なかった。

へっころ谷の住人は、男性関係で泣いたことはない。ましてや人前でなんて想像もできない。可能性からいったら、人前で泣くよりも、放屁、脱糞のほうがまだ可能性があるのではないかと思うくらいだ。私の友人にも飼っている動物が亡くなって泣く

人はいるが、男性関係で泣くようなタイプはいない。私も男性を泣かしたことはあるが、泣いたことはない。

「ひっく、ひっく」

としゃくりあげるZさんを横目で見ながら、いったいどうしたもんかと、私たちはその場に固まっていた。

そんな彼女を見て、私の頭の中には素朴な疑問が浮かび、真顔で、

「ねえ、何で泣いてんの？」

と冷静に聞いてしまった。するとAさんがそんなことをいっちゃいけないというふうに、顔をしかめて首を横に振った。当のZさんは聞こえたのか聞こえないのか、ティッシュを顔面に当てて、泣き続けている。私はどうして彼女が泣いたのか、全く理解できなかった。好きな男性と外国で「うっふん旅行」を楽しみにしていたのに、向こうは仕事とジョギングに精を出して、自分をかまってくれなかったことが悲しかったのか。それとも相手に家庭があるから、

「絶対に自分の物にならない」

という現実を強く認識して、それで悲しくなったのか。とにかく悲しいことがないと、人は泣かないものだ。それまで私の耳に入っていたのは、巷でどんなに衝撃的な

事件があっても、お花と白い鳥に囲まれている彼女の有頂天の幸せな姿だった。ところがそれと今目の前にいる彼女の姿はあまりに違う。

本来ならば目の前で女ともだちが泣いていると、それなりに心が痛むものなのだろうが、へっころ谷の住人はそうではない。ただただびっくりした。たとえばZさんと同じ感覚の女性ならば、もらい泣きのひとつもしながら、

「よくわかるわ。彼もたまたま忙しかったのよ。海外からメールを送るくらい、仕事も忙しいんでしょ。男の人はそれくらい忙しいほうがいいわよ。仕事が順調な証拠でしょ」

と肩を抱いてあげられるかもしれない。

「私もこうだったの……」

と秘密にしていた不倫経験を告白し、慰め合うこともできただろう。しかしへっころ谷の住人は残念ながらそういったタイプではない。唯一、Aさんが若いころに、東京オリンピックの記念硬貨まで男性に貢いだ経験はあるものの、Bさんは、

「もう十何年も前だけど、まだいけるかなって、年下の男の子をナンパしたらひっかかってきちゃった。すぐ別れたけどね」

というような人だし、私は、

「何だか、会うのが面倒くさくなってきちゃった」

という理由で、交際は自然消滅した。全く恋愛というものに、執着心がないのである。

私は腹の中で、

(どうしてだ、どうしてなんだ)

と何度も繰り返しながら、彼女を見ていた。するとすでに酔っぱらっているBさんが、

「いい年をして、あんな腐れ犬にうつつを抜かしてるからこんなことになるのよ！」

とい放った。それを聞いたZさんは、ぐしょぐしょになった顔を上げ、

「ひ、ひどいわ。スヌーピーのことをそんなふうにいうなんて……」

とつぶやいた。

「旅行中に何も自分の物を買えなかったの。買ったのはね、このブレスレットと、スヌーピーが休載になるでしょ。それが表紙になった雑誌だけなの。ほら、見て。心が痛むわ」

Zさんは鼻にティッシュをあてたまま、バッグの中から哀愁漂うスヌーピーとチャーリー・ブラウンの後ろ姿が描かれた雑誌をBさんに見せた。

「ふんっ」

　Bさんは鼻の穴から息を噴き出し、

「これをチャンスに、腐れ犬にうつつを抜かすのはやめなさい！」

　ときっぱりといい渡した。

「腐れ犬じゃないってば」

　Zさんは叱られて、またひっくひっくとしゃくり上げている。Bさんはため息をついて立ち上がり、Aさん宅にキープしてあったとっておきのブランデーを取り出した。それを見たAさんは、あわてて首を横に振った。

「こういう姿を見たら、これでも飲まなくちゃやっていられないわよ」

　Bさんはグラスを出して、ブランデーをついだ。

「自分から好きになったのは、彼がはじめてなの。これまで何人もと付き合ったけど、みんな向こうが好きだっていう人ばかりで、今度がはじめて私が好きになった人なのよう」

　Zさんはまた、おんおん泣いた。

「はあ、さいでっか」

　私はまた、Zさんがそれまで、自分が好きでもない人と、どうして付き合ったんだろうという素朴な疑問が浮かんできた。

「だからさ、あなたも『あーあ、なんだか遊ばれちゃったけど、ま、それなりに楽しかったからいいか』って思えるようだったらいいんじゃないの。でもそうじゃないんでしょ」

Aさんは淡々といった。Zさんはまじめなので、男女関係をそう思えるような人ではないのである。どんな人を好きになろうと、それは他人がとやかくいうことではない。トラブルがあったら二人で解決していけばいい問題である。しかしこんなにZさんが泣き続けるということは、それなりの理由があるはずなのだが、私はどう考えてもそれが何だかわからなかった。しかし黙って彼女の姿を見ているのもなんだと思い、

「大人なんだからさ、恋人関係はなしにして、友だちづきあいをすれば、泣くことはなくなるんじゃないの」

といった。するとAさんが小声で、

「へっころ谷はそういうことができるけど、普通の人はそうはいかないの」

とささやいた。憎み合って別れるわけじゃなし、妻帯者とは異性の友人として会えばいいではないかと思うのだが、どうやらそれは一般的な考え方ではなく「へっころ谷理論」であったようなのだ。

「普通の村に住んでいる人は、そうはいかないのよ」

Aさんはしみじみといった。

「はあ……。なるほど」

いちおう返事はしたが、それが何でだかぜーんぜんわからなかった。

Bさんは困惑した顔をして、きれいなグラスにいれたブランデーを少しずつ飲んでいる。

よくそんなに泣けるもんだと呆れるくらい、Zさんは泣き続けていた。そしてグラスになみなみと注いだ赤ワインを飲み干し、ふとテーブルの上にブランデーの瓶があるのを見ると、それを垂直にたてて、どっとグラスの中に注いだ。

「わっ」

へっころ谷の住人がびっくりすると、彼女はぐいぐいとブランデーを飲み、ひと息ついたあと、また、

「わあーん」

と突っ伏して泣きはじめた。

延々と泣き続けるZさんを前に、へっころ谷は頭をつき合わせて相談した。

「こんなに飲んじゃまずいよ」

「車を呼んで帰らせようよ」

「このままじゃ、大変なことになるよ」

Aさんが、

「わかった。わかったからもう帰りなさい」

とZさんを諭《さと》した。

「いや。まだいるの」

彼女はブランデーを飲み続ける。へっころ谷は目を丸くして、そこに固まるしかなかった。いったいどうしようかと考えていると、一緒にいたAさんの飼いネコが、突然、かすれ声で、

「にゃー」

と鳴いた。一週間、声が出なかったのにやっと鳴いたのである。

「ああ、治った、治ったよ。よかったね」

へっころ谷の住人は、泣く、飲むを繰り返しているZさんをそっちのけにして、彼女の泣き声をBGMに、

「ああ、よかった。本当によかった」

とかわるがわるネコを抱いて喜び合った。

夜中の三時半になっても、彼女は帰ろうとしない。

「いい加減で飲むのはやめたら」

Aさんがいったとたん、Zさんはがくっと前のめりになり、がつーんとテーブルに激突した。

「大丈夫?」

私たちはあわてて彼女を助け起こした。薄情なへっころ谷も、それくらいの人の気持ちは持っている。

「いたーい」

Zさんの顎《あご》は赤くなっている。

「ほらね、そんなことになるんだから。帰りたくないんだったら、泊まっていく?」

Aさんが聞くと、やっとZさんは家に帰るといい出した。急いでタクシーを呼び、Bさんが運転手さんにお金を渡して、送り届けてくれるように頼んだ。へっころ谷の住人が、Zさんから解放されたのは、朝の四時過ぎであった。

「みなさま、ご苦労さまでした」

私たちはお互いに頭を下げ、そしてネコの声が出たことを喜び合い、家路についたのであった。

翌日、へっころ谷の住人は三人ともぐったりしていた。午後、ZさんからBさんに電話がかかってきた。驚いたことに彼女は何も覚えておらず、とても気分がすっきりしているので、午前中にエステに行って、スポーツクラブで一汗かいてきたと、とってても明るい声でいったというのである。

「何だとお?」

それを聞いた私は怒った。

「中年にとって時間は大切なんだあ。あんたがつぶした私の貴重な時間を返せ!」

しかし寝不足の体に怒りは応《こた》え、足元ががくがくしてきた。それからもZさんと彼との交際は楽しく続いているようである。へっころ谷の住人の私は、どうして彼女があれだけ泣いたのか、未だに理解できない。

「村に住んでいる普通の人は、みんな彼女の気持ちが理解できるのだろうか」

あれ以来、彼女の心中を想像しては、首をひねる毎日を送っているのである。

キーボード虎の穴

最近、私の周囲でインターネットをはじめる中年の人が多くなった。最初は私もパソコンは原稿を書くためと、パソコン通信で本の検索をするためだけに使っていたので、メールなどは全く興味がなかった。海外とのやりとりが多い人ならともかく、どうしてああいう物が必要なのかと思っていたのである。ところがだんだん、編集者のほうから、

「原稿はメールでお願いします」

といわれるようになった。メールにするとちょっとだけ締切日も延びるという。メールのためにパソコンを導入するのならともかく、すでに必要な物は全部揃《そろ》っているし、あとは接続するだけだ。

「それだったらやってみるか」

と使いはじめるようになった。

インターネットに接続すると、どっと情報が押し寄せてきた。画像つきで新聞記事は読めるし、占い、検索など、ものすごい数だ。試しに興味のある言葉を検索してみたら、何万件という数字が出て、びっくりしたりした。こんなにたくさんあったら、全部をチェックするのはとうてい無理で、結局は全く情報がないのと同じなのではないかと思ったりした。

友だちのために、ぜんそくの情報を調べているうちに、日頃食べている食事とか、生活態度などの質問に答えると、寿命がわかるというホームページに出くわし、試しにやってみた。すぐにわかるのかと思ったら、質問が細部にわたって設定されていて、半分へとへとになりながら、全部、入力し終わった。百問以上、あったのではないかと思う。最後の画面には、次の画面に寿命の年齢が表示されていると書いてある。私は遊びとは思いながら、ちょっとどきどきしてきた。もしかして来年だったらどうしよう。もしかしたらすでに過ぎているかもしれないと緊張しつつ、マウスをクリックしたとたん、私の目に飛び込んできたのは、

〈九十一歳〉

という文字であった。

「は……」

私はマウスを持ったまま、呆然とした。

「きゅうじゅういっさい……」

思わずつぶやいてしまった。まあこれは事故など偶然の不幸などはいれていないから、何事もなかったとしての話であるが、私はうれしいというよりも、あっけにとられてしまった。そしてまた小声で、

「いや、ちょっと……。それは……いいです」

と画面に向かって口走ったのだった。

来年が寿命というのはあまりに悲しいが、寿命がはるか遠くにあるというのも、なんだか辛いものである。九十一歳といったら、私はやっとその半分に到達したことになる。昔の人だったらば、長生きはよかったのかもしれないが、これからの世の中、長生きしたほうがいいとはとても考えられない。こんなことは知らないほうがよかった。私はこのテストをやったことを後悔した。

「だからインターネットなんか、やるんじゃなかった。あいつがメールで原稿をくれなどといったから、こんなことになったんだ」

などとこの件については、何の関係もない編集者に罪をなすりつけたりした。

たしかにインターネットにはたくさんの情報が詰まっている。まず利用したのは書

店のサービスだったが、重い本を抱えて帰ることを考えると、急がない物であれば楽ちんだった。

「インターネットなんか」

と思いながらも、気になっている事柄を調べてみたくなってきた。ところが検索してみると、妙なことばかりが起きた。「林芙美子」を検索すると画面が変わり、そこには私が検索した覚えもない「獣姦」という文字があって、

〈○○件ヒットしました〉

とアダルト系のホームページがずらっと並んでいる。

「は……」

何が何だかわからず、マウスを持ったまま、また呆然としたが気をとり直し、

「やあねえ、どうしてこういうことになるのかしら」

と力一杯、「戻る」をクリックして、元の画面に戻した。そこにはちゃんと「林芙美子」とある。

「そうよね、私はちゃんと入力したわよね」

何度も確認した。「林芙美子」がいけなかったのかもしれないと思い、「夏目漱石」を検索してみたら、次の画面に出たのは、

〈アナル〉

だった。

私は言葉もなく、ただ画面を見つめているだけだった。そして急に薄気味悪くなり、あわててインターネットの接続を切り、原稿を書きはじめたのだが、どうも気になって仕方がない。私とすべて同じタイミングで入力した、どこかのスケベ男の検索が、私の汚《けが》れのないパソコンに侵入したのではないだろうか。そいつの画面には、胸をわくわくさせて「獣姦」を検索したのに、「林芙美子」が出てきて、きっと面食らったに違いない。

「これもあのハッカーとかいうのと同じことかしら」

私はインターネットで本などを買ったときに、自分の連絡先やカードナンバーを打ち込んだことを思い出した。

「試しにやってみたけど、私の情報が漏れてあとで大事になるかもしれない。ああ、そんなに重い本じゃないんだから、横着しないで書店に行って買えばよかった」

と後悔した。もしかしたら私の個人情報が他の人の画面にひょっこりと現れるのではないか、もしもその人が悪い人だったらと想像すると、不安はつのるばかりであった。

それから検索をするときは、不気味なので他の検索エンジンを使っていたが、不都合は全くなかった。試しに前のを利用してみると、私が検索をした言葉とは全く関係なく、「巨乳」「緊縛」などという言葉が検索されて出てくる。あまりに何度も繰り返されるので、「尾崎翠」を検索しているつもりでも、すでに自分が呆《ぼ》けていることに気がつかず、指では「巨乳」と打っているかもと、ひとつひとつじーっとキーボードを凝視しながら打ってみた。が、やはり私が検索したのとは違う言葉が、検索されるのは間違いなかった。

「うーむ」

私は画面の前で腕組みをしながら考えた。理由としていちばん納得できるのは、ものすごい確率のタイミングとして、私と同時に検索をしているスケベ男がいるということだ。しかし私がパソコンを使っているのは、日中の午後だけである。これが深夜だったらばまだしも、日中、そういう言葉だけを必死に検索する男性などいるだろうか。おまけに私が検索する時間と一緒というのは気持ちが悪い。「アナル」を検索して「夏目漱石」が出てきたら、「あれっ」と首をかしげるくらいですむが、その逆になったこっちの驚きを想像してもらいたいもんだ。

「だいたい、昼間っからそういう言葉を検索する奴の気が知れないわ」

私は自分のパソコンをスケベなそいつに使われたような気がして、その検索エンジンは使わないようにした。その後、インターネット接続ソフトのバージョンアップをしたら、そういうことは全くなくなった。全くなくなるのが当たり前なのだが、どういうわけで「夏目漱石」が「アナル」になったのか、いまだに理由はわからないのである。

私の場合は、まだ、ぎょっとするくらいですんだが、インターネットでいじめられて、仲間外れにされた中年男性もいた。彼はある女性アイドル歌手のファンで、年齢をごまかして彼女のホームページのチャットに参加しようとした。チャットというのは、画面上で参加者と会話ができるというシステムで、彼は若い人々と彼女について語り合おうと思ったのである。そこでは数人がすでにチャットをしていて、新しい曲の感想について盛り上がっている。彼が参加すると画面には、

〈あっ、初めての方です。こんにちは〉

と早速、表示された。挨拶をしなければと彼はあせった。

〈こ、ここんいっｃっｈ〉

実は彼はキーボードが苦手で打つのがとても遅いのである。

〈どうしたの？　あせらなくていいよ〉

彼はやっとの思いで、

〈こんにちは〉

と打った。

〈でさあ、きみはどの曲がいちばん好き？〉

あっという間に向こうは返してくる。チャットの参加者は常連が多く、新参者の彼はみんなの注目を浴びていた。速く打たなければと思えば思うほど、中年男の指はこわばり、

〈BPくはえーRP〉

とミスタッチを繰り返した。

〈大丈夫、あわてなくていいよ〉

みんなは親切だった。しかし親切にされればされるほど、彼はちゃんとしなければとプレッシャーがかかり、ミスタッチの上にキーの操作を間違え、画面にはわけのわからない記号や言葉が並ぶはめになった。最初は親切にしていてくれた彼らも、あまりにミスタッチが多く、もたもたしている彼に会話が途切れ、いらだつようになった。

〈ところでさあ、何しにきたの〉

中年男にはいいたいことはたくさんあった。頭の中には爆発するほど言葉があふれ

ているのだが、いかんせん、指がもつれて動かない。それでも汗を拭き拭き、みんなとお話ししたかったことを伝えようとしたのだが、それは、

〈MYんあろ〉

などというわけのわからない暗号みたいな会話として、画面に表示されてしまうのであった。

〈やだー、この人なあに？〉

〈おかしいぞ、こいつ〉

〈だせー、みんな、こんな奴のことなんか無視しようぜ〉

画面では自分の存在がものすごく非難されている。なんとかして会話に入ろうとしたのであるが、彼は完全に無視されてしまい、這々《ほうほう》の体《てい》で逃げ戻ってきた。

彼はそれから毎日、必死にキーボードの練習をした。まさにキーボード虎の穴だった。そして新たにチャットデビューをするべく、深夜、また別の女性歌手のチャットに参加した。

〈こんにちはーっ！〉

ところが目の前の画面に映し出されているのは、自分が打った「こんにちはーっ！」というやる気まんまんの文字だけ。しーんとした雰囲気のなか、いったいどう

したのかと確認してみたら、そのチャットには誰も参加していなかったのだった。

彼はがっくりと肩を落とし、

「がんばったんですけど」

とつぶやいた。

「それだけでも偉いです」

目的はどうあれ、私は慰めた。中年がパソコンをはじめると、いろいろなことが起こる。最近は検索をしても意表をついた言葉が出てこないので、ちょっとつまらないのであるが、パソコンとはのめり込まずに、ほどほどに付き合おうと思った今日この頃であった。

通りすがりの愛

最近、私が率先して聞いてまわっているわけではないのだが、夫婦の間でセックスレスになっているという話を聞くことが多い。それも暗ーく、

「ないんです……」

というのではなく、どういうわけだかみな明るい。

「仲間と合宿してるっていう感じですかね」

と「わはは」と笑う若妻あれば、

「全く、役立たずで困ってますよ」

と呆れ返る三十代半ばのそれなりの若妻もいる。そのそれなりの若妻は、すったもんだのあげくに、今の夫と結婚した。やっとの思いで一緒の楽しい生活をするようになったと思ったら、あっという間に夫婦の営みがなくなった。

「ちょっと、あんた、その股の間にある物はいったい何なのよ。全然、使い物になら

ないじゃないの。それ、死んでるんじゃないの」

たびたび夫をなじった。すると彼は顔色ひとつ変えず、

「死んでるようだが、生きている」

とぽつりといった。

「はあ?」

妻があっけにとられていると、

「ミイラになっているだけだ。この間、紅茶を飲んだ」

などと素知らぬ顔をして新聞を読んでいる。それを聞いた彼女が、

「ふざけるな。それなら私がシャクティパットをやってやる」

と夫の股間を叩きまくったのであるが、一向に状況は改善せず、

「とんでもない奴だ」

と夫に対して呆れ返っていたのであった。

彼女は自分の夫婦生活がそんなふうなので、他人の性生活がどんなものか、知りたくてたまらないようで、三か月に一度、リサーチが入る。そのたびに私は、

「なしっ」

と簡単にこたえる。五年ほど前までは、

「またあ、隠さないで下さいよ。そんなことないでしょ」

といっていたのが、このところは、

「ああ、そうですね」

と至極当たり前にうなずくようになったのが、ちょっと腹立たしい。彼女と同年配の独身男性の性生活は特に興味があるらしく、

「ねえ、今付き合っている人いるの？」

と聞き、彼女なりの性生活レポートを作ろうとしていた。彼女にしつこく性生活を聞かれた独身男性を、たとえばドロメくんとしておこう。彼は仕事ができて上司からも部下からも信頼されている好人物なのであるが、女好きなのである。

「どんなタイプが好みなの」

と聞いたら、彼は、

「普通の人が好きなんです」

という。たとえば芸能人にたとえたらどういう感じの人かと聞いたら、「椎名林檎」というので、

「そりゃ、ぜーんぜん、方向が違うじゃないか」

と驚いたのだが、彼にとっての好みの普通のタイプは、椎名林檎であるらしいので

ある。

私は彼が自宅に風俗嬢を呼ぶことが多いと聞いて、これにも驚いた。もちろんそういう人が世の中にいるのはわかっていたが、そういう人を現実に目の前で見るのははじめてで、私は、

「へえ、そうなの。まあ、あらー……」

と感嘆の言葉を並べて、目を丸くしていたのであった。それから私は、

「だいたいどんな人が来るのか」

「気にくわないときはキャンセルするのか」

「どんなことをしてくれるのか」

と聞いた。すると彼はまるで、朝刊に掲載されていたトップニュースの解説をするが如く、

「かわいい子がとても多いですよ。店によってキャンセルできる場合は、したこともあります。何か暗い感じの子だったんで。そしてまあ、本番は、えーと、なしです」

と淡々というので、こちらも、

「はあ、そうですか」

と真顔で聞いているしかなかった。たしかに、

「どひひ、いやー、その女の子とはですね」

などとにやつきながら話されたら、こちらの立場もないが、あまりに彼が当たり前のように話すので、

「これが彼にとっての日常なんだな」

と納得したりもしたのであった。

そんな彼の悩みは、恋愛をしても長続きしないことだった。中華料理店のかわいい店員さんとも、世界を股にかける美人通訳とも、深窓の令嬢とも、誰とも長続きしないのである。

「いったいどうしてですかねえ」

それを聞いた股間叩きが、

「あんた、崇《たた》られてるのよ、生き霊に。きっとそうだわ」

といいきった。するとドロメくんは急に怯《おび》えた顔になり、

「そ、そんな、やめてくれえ」

と顔を覆った。我々女二人は明らかに彼には思い当たるふしがあることを確信したのであった。

とても自分の形勢が不利になってきたので、今度は彼は、私たちの共通の知り合い

の話をしはじめた。彼をたとえばピカリくんとしておこう。ピカリくんには家庭があるのだが、いま恋愛中だという。彼はとっても誠実な感じで人柄もよく、とってもそういうタイプにはみえなかったので、私はこれまた驚いた。

「けけけ、それがですねえ」

ドロメくんは急に元気になった。彼女がいると打ち明けられたとき、ドロメくんはどういう女の子なのかと興味を持った。

「会わせてよ」

するとピカリくんが、

「じゃあ、今度、ゴルフに連れてくるよ」

というので、楽しみにしていた。当日、ドロメくんが待っていると、ピカリくんがやってきた。そして彼と一緒に楽しそうにやってきたのが、まさに「おばちゃん直球ど真ん中、入ってしまいました」というような人だったというのである。

「あーら、ドロメさんね、こんにちは」

さすがおばちゃん、初対面とは思えないくらい、のっけからうち解けていて元気がいい。

「あ、どうも」

彼女の迫力に押されながら、ドロメくんの脳裏に浮かんだのは、ピカリくんが年上好みだったということだった。それも洗練された年増というのではなく、とにかくおばちゃんが好きだったのだ。

「いやあ、あのときは本当に驚きました。彼よりも七歳年上ですからねえ。もう、おばちゃんど真ん中ですよ」

そういいながらドロメくんと股間叩きはげらげら笑った。私も最初は一緒に笑っていたものの、ピカリくんの年齢を思い出してみると、その、

「おばちゃん直球ど真ん中」

は、私よりも二つ年下だということがわかった。

「ということは、私とほとんど同じ年っていうことよね」

気を落ち着かせながら淡々といってみた。

「ええ、そうなんですよ。ほんとにもう、おばちゃんど真ん中で……、あ、違います」

ドロメくんがあわてたのをみて、

「こらあ、中途半端に訂正するなあ。よけい不愉快になるじゃないかあ」

とわめくと、彼は平然と、

「大丈夫、大丈夫、彼女のほうが群さんよりも老けてみえますから」

とわけのわからないフォローをしたのであった。

それからしばらくして、股間叩きとドロメくんと会う機会があった。

「本当の愛を知ったかね、きみは」

股間叩きがたずねた。

「うーん、付き合っている子はいるけど」

「それはよかったじゃないの」

私がいうと彼は、

「でも、性格は嫌いだから」

という。

「性格が嫌いって……」

思わず言葉に詰まると、股間叩きが、

「ふーん、体が目当てっていうわけね」

とうなずいた。

「うん、そう」

ドロメくんは悪びれもしない。話によると彼女はバストが一メートルもあって、肉体的にはとっても魅力的なのであるが、性格と顔面に問題があるのだと、彼は真顔でいった。

「ふーむ、なるほど」

それに対して私が何かをいうことは不可能であった。

「この間なんか、首を絞めて殺してやろうかと思った」

というので、何事があったのかと聞くと、出社して自分の席に座ったとたん、

「今晩、やりたいなあ」

という気になってきた。そして早速、彼女の勤めている会社に電話をして、デートの約束をとりつけた。会社が終わり、二人でレストランで落ち合ったのだが、いくら彼でもそこからホテルに直行するのは気がひけたので、

「これからどうする?」

と聞いた。すると彼女がボウリングをしたいといったので、それに従った。一ゲームだけやって、それからホテルというわけにもいかないなあと思っていたのだが、彼女はいつまでたっても、ボウリングをやめる気配がない。やめようといったときが、その後のことを切り出すときなので、彼は様子をうかがいながら球を投げているうちに、八ゲームもやってしまい、もうへっとへとになってしまった。頭は妄想で爆発しそうになっているし、さてこれからホテルへと切り出すと、彼女は、

「今日はあれなの。さよなら」

と帰ってしまったというのである。そのときはじめて女性に対して殺意が芽生えたというのであった。

「だめなら、朝、電話したときに、そういえっていうんですよ」

ドロメくんは心から怒っていた。しかし朝、いちばんに、付き合っている男性から会社に電話がかかってきたとたん、

「私、今日あれだからだめよ」

などという女性がどこにいるだろうか。

「そんなの、無理に決まってるじゃない」

股間叩きと私は彼を非難した。

「でも、八ゲームもボウリングをしたのに」

ドロメくんは本当に残念そうだった。ドロメくんをみていると、とにかく肉体関係を持ちたいという気持ちは、DNAの奥深くに組み込まれていて、どうしようもないのだなと思う。それは彼の質であって、いいとか悪いとかいえる問題ではないのだ。いっそのことここまできたら、「本当の愛」などではなく、「通りすがりの愛」のみで一生を終えていただきたいと、傍《はた》で見ていて願う。そして絶対に結婚してもセックス

レスにはならない彼のような男性が、いつまでも独身だというのも、ＤＮＡからして仕方がないことだと、私は深くうなずいたのであった。

やってしまうかも

このところ我ながらびっくりするような出来事が続けて起きている。情けなくて愕然とするばかりだ。とにかく物忘れをする、いい間違える、言葉が出てこなかったり口がまわらない。握力が足りなくて物を落としたりする。とにかく「老化」の二文字を認識しなくてはならない出来事が山のように起こるのである。

昨年の夏まで仕事場を別にしていたのだが、兆候はそのころからあった。キッチンでお茶を飲むためにお湯をわかし、そして仕事をしていると、お湯をわかしていることをころっと忘れて、三回も空焚《からだ》きしてしまった。小一時間たって、妙な匂いがしてきてはじめて気が付くのである。仕事をはじめると、他のことに気がまわらなくなってしまうのと、あっという間に時間がたってしまうからなのだが、だからといってお湯をわかしていることを忘れるのは、私にとってはショックだった。

「あぶないから、電気ポットにしたら」

友だちがアドバイスをしてくれたが、隣地に大型マンションが建設されるのを機会に、仕事場を自宅に戻した。それからは、

「お茶をいれるときは、そばを離れない」

を肝に銘じて、沸くまでそばに立っていることにした。その間、原稿は何行か書けるのだが、もしも火を出したらそっちのほうが大変なので、じとーっと台所で待っている。

私は御飯を電気炊飯器ではなく、一日に食べる分を、毎日鍋で炊いていた。電子レンジを持っていないので、まとめ炊きをして冷凍しても意味がないからだ。ところがこのときも問題が起きた。一度に何合も炊くわけではないが、火加減を注意するのは同じだ。沸騰するまではともかく、火を細めると私に物忘れの危険が忍び寄ってくるのである。キッチンタイマーがこわれてしまったので、時計を見ながら火を止める時間を見計らう。そこで雑誌や本を手にとったら最後、ふと気がつくと台所からは焦げ臭い匂いが漂ってきて、鍋の中の御飯は真っ黒焦げになっている。子供のころ、母にいいつかって米を洗っているとき、ひと粒でも流してしまうと、

「お百姓さんが一生懸命に作ってくれたのに」

と鉄拳が頭にとんだ。それがしみついているので、御飯を無駄にするとものすごく

ショックが大きい。それと同じことを二度やってしまい、私は本当に落ち込んでしまった。

「何という馬鹿だ。どうしてこんなことを忘れるのだ」

だからといって場所をとる電気炊飯器を買う気にはならず、仕方なく小人数用の保温調理器を買って、それで御飯を炊くことにした。これは沸騰後、保温器にいれればそのまま料理が出来上がるというもので、鍋で炊くよりも味は落ちるが、沸騰するまで気をつけていれば、保温器に入れている間は、外出もできるし他のことができるので、やむをえない手段として使っている。

「頭の働きが悪くなってきたなあ」

とがっくりするばかりである。

若い頃は一人暮らしの年配の人が、

「そんなことを忘れるはずはないし、するわけないじゃないか」

と思うようなことが原因で、火事を出したりするニュースを聞くと、信じられない気がしたが、今の私にはすべてが納得できる事ばかりである。コンロの上に載せた鍋のことを忘れる。固いプルトップを開けるのに難儀して、缶詰の中身をそこいらじゅうにぶちまける。アイロンのスイッチを切るのを忘れる。便所の入り口にけっつまずいて、便座に頭をぶつける。風呂で大股を開いて転ぶ。浴槽のなかで尻が滑って溺《おぼ》れる。戸じまりを忘れる。こういった事柄に対して、全部、

「やらない自信がありますっ」

と絶対にいいきれない。どれも、

「やっちゃうかも」

というよりは、

「きっとやっちゃう」

と不安になるようなことだらけである。現実に鍋関係はやっちゃったし、これからいったいどうなるのかと心配になるばかりだ。

こんな大馬鹿者は私だけかしらと、そーっと同年配の友だちにリサーチをすると、みな、

「あーら、同じ、同じ」

といってくれるのでほっとする。私だけ先にぼけるのはいやだ。ぼけるのならみな一緒である。これまでにどういう失敗をしたかと聞いたら、でるわでるわ、大ぼけのオンパレードであった。

「ひどい鼻風邪をひいているときに煮物を作った。煮込み状態に入ったので、その場

を離れてテレビを見ていたら、画面に映っていたタッキーに目が釘付けになってしまった。はっとして台所に行ったら、肉も野菜もみーんな鍋底にへばりつき、すべてが炭化していた。鼻がきかなかったので焦げた匂いもわからなかった」

「料理をしていて、にんじん、玉ねぎなど、手にした野菜を次々に床に落とした。手に持ったつもりが握力が足りずに、続けざまに落とした。とどめに包丁まで落としたときは、愕然とした」

「髪の毛を洗っていて、シャンプーを済ませ、リンスをしたらいつまでたっても泡が出続けている。確認したらまたシャンプーを頭につけていた。それからしばらくして、気をつけたつもりだったのに、リンスのつもりで頭にかけたのは、おふろの洗剤だった」

「捜し物があって、他の部屋に入ったとたん、いったい何を捜していたのかわからなくなる。同じように用事があって室内の場所を移動しても、いったい何をしに来たのか、ころっと忘れている」

「風呂に入っていて、浴槽から出ようとして足元の石けんを踏んで足をすべらせ、浴槽のふちに勢いよくまたがってしまい、股間をしこたま打った」

ちょっとうれしかった。私たちにとって、ばったり会った人の名前が思い出せないというのは、ほとんど定番の大ぼけになっているので、こういうのは省いたのである。

みんなやっているとわかったら、あとは頻度の問題である。もちろん、みんな毎日、大ぼけをしているわけではない。自分も含めてだが、ある決まった時期に、とんまなことを続けてやらかすと判明した。なぜかある時期に集中し、また何事もなく日は過ぎて、またある時期にとんまな出来事が起こるという具合なのだが、

「もしかしてその周期がだんだん短くなり、連日、とんまな出来事が繰り返されるのではないだろうか」

という不安もある。ポジティブ・シンキングで、それもまた、笑いのある楽しい人生と思えるようならいいが、命にかかわったり、他人に迷惑をかけるようにならないようにと願うばかりなのだ。

私の大ぼけの基本的原因は、おっちょこちょいと注意力散漫によるようだ。ネコのためにオイルヒーターを購入したものだから、床にはコードが長々と延びている。歩いていてコードにつまずき、

「おととととと」

といいながら、爪先立ちになったバレリーナがつんのめったみたいな形になり、一瞬、自分の足の自由がきかなくなる。すんでのところでふんばって転ばなくて済むのだが、ほっとしたとたんに腹が立つ。どうしてこんなところにコードがあるのかと、

コードを振り返りながら許せない気持ちでいっぱいになる。

「本当に失礼しちゃうわね！」

いったい誰が失礼しちゃうのか自分でもよくわからないのだが、とにかく失礼しちゃうのである。ぷりぷりと怒ったあとは、

「あーあ」

とため息が出る。今度は気をつけて歩かなかった自分にがっくりするのだ。それも外ではなく家の中でである。これまで私の大ぼけは、大事に至らないところで済んでいた。ところが先日、あと一歩であぶない、冷や汗が出る大ぼけをやらかしてしまったのである。

その日は午前中から用事があった。郵便局、銀行での振り込み、二か月に一度、税理士さんに経理の書類を渡さなくてはならないために、預金通帳をコピーする必要もあった。昨晩、多めに夕食を食べ、朝起きてもそれほど食欲がなかったので、青汁を飲んだだけで私は外出した。家に帰ってくればお腹がすくだろうと思ったのである。外出といっても二駅離れた場所に行くだけで、いつものように徒歩で行き、郵便局で振り込みを済ませた。次は銀行だ。ここで私は生活費をおろして、銀行の前のコンビニで通帳をコピーしようと思ったのだが、そこでは若い男性がたくさんの書類をコピ

ーしている最中だったので、買い物がてら、コピー設備もある駅前の大手スーパーマーケットに行った。買い物を済ませてコピーをしようとすると、誰かが会社の書類原稿を置き忘れている。私はそれをどけて通帳のコピーをとりながら、忘れ物が気になって仕方がなかった。放っておくわけにもいかないので、店員さんに、

「忘れ物ですよ」

と渡した。そして歩いて家に帰る途中、銀行で振り込みをするのを忘れたことを思い出した。これから銀行に戻るのはとても恥ずかしい。いったいどうしようかと思ったあげく、そこからいちばん近くにある、別の私鉄の駅前のキャッシュ・ディスペンサーで振り込むことにした。

本当にぼけていると、歩きながら自分に腹が立ってきた。そしてキャッシュ・ディスペンサーの前でカードと通帳を取り出そうとした。

「あ、ないっ」

記憶をたどるとコピー後、通帳のコピーだけで通帳は持っていなかった。前の人がコピー原稿を忘れたのをチェックしたくせに、自分はころっと忘れていたのだ。

「どっひゃー」

とにかくすぐに通帳を取りに戻らなくてはならない。いつもは徒歩で移動する私で

あるが、一秒でも早くと思って電車に乗った。その間も胸がどきどきした。実はそのとき、毎月金欠状態の預金口座にしてはめずらしく、文庫本の印税が支払われた直後だったので、まとまったお金が入っていた。よからぬ人の目にとまって悪用されたら、身も蓋もないではないか。コピー機のそばにいた店員さんに、

「四十分ほど前に、通帳を忘れたんですが」

と聞くと、にこやかに笑って私の本名を確認し、

「はい、お預かりしております」

と事務所に案内してくれた。ほっとして体から力が抜けていった。忘れ物のコピー原稿を渡した店員さんがいるかしらと、きょろきょろしてみたが、幸い、姿は見えなかった。


結局、何事もなかったが歩く元気はなく、電車に乗って帰った。これはきっと、青汁だけで朝御飯を食べなかったから、脳味噌が働かなかったせいかもしれないと、自己嫌悪に陥ったが、運のよさで救われているのがつくづくわかった。とにかく大ぼけをしても、運だけで無事に過ごしている私であるが、いつ運のつきになるか気になってしかたがない。これからはすべてにおいて、行動を起こすときには、指差し確認が必要だと深く感じたのである。

太った理由

知り合いで、あれよあれよと見事に十四キロ太った、三十代のＰさんという女性がいる。彼女は日本人体型ではなく、手足が細く、腰高のプロポーションで、明らかに欧米人体型である。いくらそうであっても、十四キロも肉がつくと、さすがにたくましい。しかし彼女の場合は顔には全く肉がついていないので、顔だけを見てもそれだけ太ったとはわからず、体を見てから、

「おおっ」

とみな驚くのであった。かつては体にぴったりした洋服を着ていたが、最近ではニットのだぶっとしたセーターがほとんどだ。体型を隠しているのかなと近づいてみると、実はセーターの中にはぎっちりと体が詰まっていてゆとりはないのである。なかには彼女を目撃して驚き、うちに電話をかけてきて、

「つかぬことをお伺いしますが、Ｐさんはご懐妊ですか」

と聞いた人が二人いた。

「そんなことないですよ。ただ太っただけでしょ」

Pさんに頼まれもしないのに、私はそう答えても、電話をしてきた人たちは、

「そうですかあ。でもあのお腹の出具合は……」

と納得していないようすだった。その話をPさんにしたら、

「ふんっ。うちは子供ができる理由がないです。ここに詰まっているのはぜーんぶおのれの肉ですわい」

と腹をばんばん叩いてみせた。

だいたい男性の場合は、太るとなるとどっと行くところまで行ってしまうが、女性の場合は途中で踏みとどまろうとするので、男性ほど奈落の底には落ちていかない。Pさんだってファッションやメイクには興味がある。それなのに、なぜ十四キロも太るまで放っておいたのかと聞いたら、

「ぜーんぶ、あいつのせいなんです。あいつが悪い」

と彼女の夫を非難した。彼女は籍は入れていない事実婚の夫と三年ほど前から同居しはじめた。彼は太めの女性が好みで、

「食べろ、食べろ」

と勧めた。彼自身も料理が好きで、あれやこれやと豪華な食材を使って料理を作ってくれる。家事が嫌いな彼女は、これはいいやとぱくぱく食べていた。また彼が夜、酒を飲んで帰ってくると、夜中に、

「ラーメン食いに行こう」

と誘われる。最初は躊躇《ちゅうちょ》していた彼女も、

「いいじゃないか、一緒に行こうよ」

といわれると、ついて行かざるをえない。そこで夜食にラーメンを食べる。そして家に帰って寝て、朝起きると彼が朝食を作って出してくれるという日々を送っていたのである。いちおう彼女も、五キロ太った時点で、

「ちょっと、まずいな」

と気がついて、彼の夜食の誘いを断ることにした。すると彼は、

「何をいってるんだ。太っているほうがかわいいじゃないか」

という。好きな男性からそういわれたら、

「あら、そうかしら」

と思うのは当然であろう。夫の深い愛情が仇《あだ》となり、彼女は体重増加一直線の道を暴走しはじめたのであった。

三年で体重が十四キロ増加ということは、一年間で約五キロ。ひと月にならすと四百グラムくらいである。それを考えると、太るのってものすごく簡単だなという気がするが、

「どうしてそういうふうになるまで、放っておいたのか」

というのがPさんに対する大方のご意見である。

「私も彼も肉が大好きなんです。おまけに味が濃くないとだめだし」

世の中には肉好きの人もいるが、みんながみんな太っているとは限らない。肉が好きか魚が好きか野菜が好きかは、個人の嗜好《しこう》なので他人がとやかく口を出すことではない。でも私はどうしても彼女が十四キロも太ったわけを知りたかった。年齢を考えると仕事にもストレスを感じるだろうし、そばにはデブを愛《め》でる夫がいる。しかしそれにしても太るということは食べているということだ。そしてある日、私は真顔で、

「いったい、一日にどれだけ食べてるの」

と聞いて、びっくり仰天してしまったのだった。

「えーと、朝はだいたい、彼がサッポロ一番の塩ラーメンを四玉作ってくれるんです。二玉ずつ丼に分けるんですけど、もうじじいだから半玉くらい食べると、『もう、いらない』って、私のほうによこすんですよ。で、もったいないから食べるから、朝御

飯はインスタントラーメンが三玉半ですかね」

私のここ二、三年の記憶では、カップラーメンの小さい方を一個しか食べていない。朝食にインスタントラーメンを三玉半食べる元気は私にはない。

「で、昼は仕事が忙しいときは食べられないし、会食があるときは食べなくちゃしょうがないんですけど。夜はだいたい焼き肉ですね。だいたい週に四日は行ってますから、マイキッチン状態ですね」

焼き肉が週に四日。体力的にとても私には無理だ。

「行きつけのお店があるので、彼と一緒に行くんですけど、そこで腹いっぱい食べますね。梅酒をボトルキープしてあるので、それを飲みながら、二人で十人前くらいですかねえ。ま、七対三で私が食べるんですけどね。あっはっは」

それを聞いた私が、

「うーん、まあ、唐辛子系は体にいいっていうしね。野菜もたくさん出てくるし……」

としどろもどろになると、

「野菜なんか頼みませんよ。もうただ肉一本で行きます。辛い物好きなのでキムチは何度も追加しますけどね。最初っから最後まで、肉、肉、肉です」

と胸ならぬ腹を張った。彼女の食生活を聞いていたら、私の一週間分のカロリーを

夢の中の私も、彼らを好きでもなく嫌いでもない。そんな状況になり、

「これは大変だ」

とぎょっとして自分の状態を調べると、裸や寝間着といった色っぽい姿ではなく、ごく普通の格好をしている。そして相手の男性もきちんとスーツを着ている。こっちが驚いているというのに、相手はとてもにこやかで、友好的に笑いかけてくる。それでも私の顔はこわばり、当惑しきっていると、目が覚めるといった具合だった。

「どうしてこんな夢を……」

また頭をかきむしった。私が相手の男性のファンだというのなら、十分にわかる。期待がそうなったと考えられる。しかし現実はそうではない。寝る前に彼らの登場するテレビや雑誌を見たわけでもない。夢に出てくるのは一向にかまわないが、問題は「体の上にのっている」ということである。これは重大な問題をはらんでいる。

「もしかしたら私って、変態かもしれない。それとも欲求不満なのだろうか」

しばらくの間、真剣に悩んでしまった。全く自覚はないが、潜在的にそういうものがあったのか。ぼけたときに自分が我慢している部分が突出して、ばあさんの尻を追いかけ回すじいさんがいると聞くが、じいさんの股間を狙《ねら》うばあさんになったら、いったいどうしようと真剣に考えたりもした。彼らの姿をテレビで見ると、前より意識

するようになり、

「私は彼らの好みのタイプだったのかも。もしかしたら予知夢？」

とほくそえんだりした時期もあったが、もちろん私と彼らと、いまだに何事もおこらないのはいうまでもない。

幸いにもこの「体のりバージョン」はこの二人だけで終わった。その次に登場したのは、「ストーリーバージョン」である。私は地方と思われる、見知らぬ場所の閑散とした駅前に裸足で立っている。駅の後ろには小さな山が見える。するとそこへ、銀色のスーツにワイン色の蝶ネクタイのステージ衣裳を着た森進一がやってきて、

「泉谷しげるさんの誕生日のお祝いなので、これを間違いなく届けて欲しい」

と太い黄色いリボンをかけられた、グレーの包みを渡された。縦六十センチ、横八十センチ、厚さ十センチほどの大きさで、かさばるけれども重たいものではない。私は何の疑いもなく荷物を受け取り、駅から列車に乗った。それは何度も乗ったことがある「あずさ」だった。私は中身を見たわけでもないのに、座席に座って包みを抱えながら、

「セーターなんだから、大切に持っていかなくては」

と何度もうなずいている。届けるのをとても楽しみにしているのだ。窓の景色はい

かにも農村といった風景で、あずさに乗って新宿から見る風景とは少し違う。私のほかには車内に五、六人が乗っているだけで、周囲には誰もいない。最初は、心がうきうきしているのだが、そのうち景色を見ながら、時間のことなど聞いたわけでもないのに、何度も腕時計を見て、早くいかなくちゃ、間に合わないとあせりはじめる。そして検札にやってきた車掌さんをつかまえて、

「泉谷さんは今どこにいますか」

とたずねるのだ。すると彼は、

「中津川のコンサート会場にいますよ。今から行くとぎりぎりじゃないですか」

という。私はそれを聞いてあせり、包みを抱えて途中下車する。もっと速い電車に乗り換えなければと駅のホームを走っていると、

「もっと速い電車」

と書かれたプレートと矢印を見つけ、矢印が指し示している階段を駆け上がった。ところが長い階段を上がると、これまたながーい通路があり、「もっと速い電車」のプレートがずらっと掲げられている。ところが行けども行けども速い電車に乗るためのホームが見あたらない。とにかくプレートの通り、通路を走り、階段の上り降りを繰り返すと、駅の改札口に出た。乗り場は駅の外に出たところにあるのかと、駅員さ

んに切符を渡して外に出ると、そこは何と私が森進一に包みを渡された駅だった。時間がないとあせった私は、息を切らしながら改札口の駅員さんに、

「泉谷さんは今どこにいますか」

と聞いた。私が夢の中でいうせりふはこれひとつだけなのである。すると彼は腕時計を眺め、

「今、ホテルに帰ってのんびりしているところだよ。あしたは海外に行くっていってたからね。風呂に入って今日はすぐ寝ちゃうよ」

とマネージャーのようにスケジュールを把握しているのであった。それを聞いた私は包みを抱えたまま途方にくれた。そこで目が覚めたのである。もちろん私は二人とは知り合いでも何でもない。なのにどうして私が泉谷しげるにプレゼントを届けに行かなくてはならないのだろうか。それも裸足で。

この夢を見た後は、ぐったりした気分で目が覚めた。本来ならばすがすがしい朝の目覚めなのに、すでに疲れていた。あせったりがっかりしたりする夢は本当に見るのをやめたい。しかし私にはそういった夢を見る理由があるのだろう。それからテレビで森進一や泉谷しげるの姿を見ると、どうしてこの人たちがと、この夢を思い出した。顔は知っているが会ったことがない人が、夢に出ているということは、その逆もあり

うるということである。知らない人のところに行って、あらぬことをしでかしていたらどうしよう。万が一、そういうことがあっても、夢を見た人が記憶していないことを願うばかりである。

相変わらず、「有名人シリーズ」は続いている。おとといは瀬戸内寂聴先生とスカートを買いに行き、

「あなた。それ、だーめだめ。こっちにしなさい」

と叱られた夢を見た。でも昨日は歌手の平井堅とデートをした夢を見て、ちょっとうれしかった。夢で幸せな気持ちになったのは、高校生のときに沢田研二と握手をした夢を見たとき以来だから、三十年ぶりだ。他の人はもっと楽しい夢を毎日見ているのだろうか。それとも私と同じように、夢の中でぎょっとしたり冷や汗を流したりしているのだろうか。もしも他の人はそうでなかったとしたら、私の潜在意識にはいったい何があるのか、知りたいような知りたくないような、不思議な気分になっているのである。

一生に一度だけ

　晩御飯を食べてネコとだらーっとしていると、近所に住んでいるAさんから電話がかかってきた。

「ねえBさんちにいるんだけど面白いものがあるから見に来ない？」

「面白いもの？　なあにそれ」

「いいから、来てみればわかるから。ね、おいでよ」

「わかった、わかった」

　面白いものといわれたら、行かないわけにはいかないので、Tシャツによれよれのチノパンツ、サンダル履きという、内輪で「与太郎スタイル」といっている格好で、Bさんの家に行った。

「ねえ、何なの、面白いものって」

　ビデオかゲームか、と考えていた私の目に飛び込んできたのは、リビングの床に広

げられたでかい葉っぱだった。AとBの両人は、

「でもさあ……」

としゃがみ込んで葉っぱを触りながら、手にした紙を一生懸命に読んでいる。

「ねえ、面白いものって……」

「これなのよ」

Aさんは目の前の葉っぱを指さした。

「は？」

首をかしげているとBさんが、

「読んでみて」

と私の目の前に紙を広げた。そこには、

「一生に一度飲むだけで、脳卒中で絶対に倒れない法」

という大きな文字が飛び込んできた。手書きではなく、印刷物を拡大コピーした物だ。

「怪しい健康食品会社から送りつけてきたんじゃないの？　口にする物はやめたほうがいいわよ」

「違うの。送ってきたのは、会ったことはないけど、いちおうは知っている人なのよ」

それを送ってきたのは仕事関係の女性のお母さんだという。紙の下のほうには、「この梅と蕗《ふき》は完全無農薬、有機栽培です。安心してご使用ください」と手書きの注意書きもある。

「それだったら安心だけど……」

「ねえ、この『一生に一度飲むだけで、脳卒中で絶対に倒れない』っていうのに、惹《ひ》かれない？『一生に一度』よ。続けて飲まなきゃならないのはいやだけど、ちょっと気になるわよね」

「うん、なるなる」

私は大きくうなずいた。

最近、とんと美容関係には興味がなくなった。あるのは健康関係の話題だけである。別に長生きはしようとは思わないが、長患《ながわずら》いは周囲の人に迷惑をかけるので、それだけは避けたいと、友だちといつも話している。

「でもさあ、そうなると、ぽっくり逝《ゆ》きたいっていう希望からは、ちょっとはずれるんだけど」

Bさんは冷静にいった。

「そういえば、そうよね」

私もうなずいた。ぽっくりの中には脳卒中も含まれる。せっかくそういうチャンスに恵まれるのを、自らやめるというのはもったいないような気もする。

「でもね、お母さんの手紙によると、これを飲んでたご主人が脳卒中で倒れたんだけど、後遺症は残らなかったんだって」

「へえ、それはすごいわねえ」

絶対ではないが、それなりの効果はあるようだ。私たちの心は揺らいだ。一命はとりとめたにしても、後遺症が残ると本人はもちろんのこと、周囲の人々も大変だ。

「そうか、後遺症が残らなかったんだ」

「『一生に一度』だけでいいのよ」

「うーん、やっぱりそこに惹かれるわ」

私たちは床の上に広げられたでかい葉っぱを見ながら、口には出さないながらも、

（本当かしら？）

とちょっと疑っていた。しかしお母さんが嘘を書いてくる必要などないわけだし、何らかの効用はあるのだろう。

「蕗と梅の他は何があるの」

葉っぱを持ち上げると下からは卵と清酒が姿を現した。何の脈絡も関係性もない食

品が揃っていて、これをどうやって飲むのだろうかと、私はまた不安が頭をもたげてきた。

「ふーむ」

紙を見てみると、そこには、

「貴重な資料です。数千人の人が試され、そのことごとくの人が健在であるという実験済みだそうです。（福岡市小学校校長会で配布の資料より）」

とある。私は福岡出身のAさんに、

「福岡の小学校の校長会では、これが習慣になってるの？」

と聞いた。

「知らない」

「でも何で小学校の校長会なんだろうね」

「うーん、倒れる校長が多かったからじゃないの」

「そもそも、これを考え出した人は誰なのかなあ？」

「さあねえ。でも校長会に配布するくらいだから、それなりの信頼度はある人なんじゃない」

「送ってくれたお母さんが、率先してやっているのかしら」

「うーん、そうかもしれないし、そうじゃないかもしれない。そういう詳しいことは手紙には書いてないのよ」

Aさんはもう一度手紙に目を通して確認したが、それについては何も触れられていないということだった。

「はいはい、さっさと作りましょ。かーっと飲んで済ませましょ」

Bさんはキッチンで何やら準備をしている。ここで私は呼ばれた理由を思い出した。

「面白いものがある」

と呼び出されたのである。

「あの……、このためだけに私のことを呼んだわけ？」

「うんっ」

Aさんは明るい声でいった。

「こんな珍しいもの、みんなで飲まないわけにはいかないでしょう。これから年をとって、一人だけ脳卒中で倒れたら、恨まれちゃうから。それで声をかけたのよ」

Bさんもそういって笑った。体にいいものをいただくというよりも、連帯責任を取らされるというような感じだ。

「はい、ありがとうございます。そんな貴重なものがいただけるなんて、とってもうれしいです」

私も台所に入りありがたいものを作るのを手伝った。Aさんは指示係である。

「よろしいですか。原文のまま読みますよ。『厳重注意　製法は必ず番号順に入れること。できるだけ一品を入れるごとによくかき混ぜること』。わかりましたね」

「はあい」

「では行きます。『脳卒中で絶対に倒れない飲物の作り方（一人分）』」

「はいっ」

彼女は「絶対に」のところでひときわ大きな声を出した。

「一　鶏卵一個。白身だけ。三人分なので三個ですね」

「はいっ」

私が黄身と白身を分け、ボウルにいれた。

「二　蕗の葉の汁　小さじ三杯（蕗の葉の生を三〜四枚きざんで、すりつぶしそれをこした汁）。ツワブキは駄目です」

「はいっ、ツワブキはだめーっ」

ご丁寧に荷物の中には小さなすり鉢まで入っていた。Bさんは黙々と蕗の葉を刻んでいる。どうやらそれをすり鉢で擦るらしい。擦るのは私の役目である。葉っぱが入れられ、ごりごりと擦っているうちに、私はどこかでこの匂いを嗅《か》いだことを思い出した。

「ああ、どこだったかしら。どこかで嗅いだような。ああっ、そうだわ。これは手のり文鳥の雛《ひな》を飼ったときに、青菜のすり餌《え》を作ったときのあの匂いだわ」

青臭い匂いがすり鉢から立ち上ってくる。

「これはちょっと、すごいものがあります」

のぞいたAさんは、

「うわあ」

と顔をしかめた。擦るだけではなく濾《こ》さなければならないのだ。すり鉢の中身をふきんに移し、卵の白身が入ったボウルの上でぐーっと絞った。すると古い池の底の水みたいな緑黒い汁が、どぼどぼと白身の中に落下した。

「げげーっ」

三人とも同時に声を上げてしまった。とてもじゃないけど、飲み物とは思えない。

「一生に一度なんだから。ねっ」

Bさんの声に我に返り、

「そ、そうね」

と気を取り直した。

「三　清酒小さじ三杯（焼酎は駄目）」

「はあ」

だんだんテンションが落ちてきた。とにかくぐるぐるとかきまぜるしかない。

「四　梅漬け　一個をすりつぶす（土用干しした梅干しは駄目）。塩漬けにしてやわらかくなったもの」

「……」

完成に近づくほど不安になってきたが、厳重注意を守り、どうにか「一生に一度飲むだけで、脳卒中で絶対に倒れない飲物」はでき上がった。

色は蕗の葉の絞り汁そのままの、古い池の色である。おそるおそる匂いをかいでみたが、青臭い匂いは消えていて、ほとんど無臭だった。みんなお互いの顔を見ながら、誰が最初に飲むのかしらとさぐっている。

「ねえ、これ、本当に効くの」

訴えるようにAさんに聞いた。

「効いても効かなくてもいいの。一生に一度なんだから。我慢しなさい」

Bさんにたしなめられて、それはもっともだと思った。

「いい、少しずつ飲むと、きっとウッとくると思うから、ぐいっと一気にいったほうがいいわ」

Aさんの言葉で弾みをつけて、私はぐいっとありがたい飲み物をあおった。青汁はきらいではないのだが、生の白身のぷるぷると一緒に飲むというのはどうもなじめず、最悪ではないが、はっきりいっておいしくない。一生に一度でいいというよりも、それ以上、飲む気にならないのではないかという気がしてきた。

三人とも気合いだけでグラスを空にしたようなものだった。みんなちょっと涙目になった。

「さあ、これで脳卒中にはならないぞ」

Bさんは肩をぐるぐると回した。私は、

「そういえば、心なしか頭がすっきりしてきたような気が……」

といいながら、首を回した。本当にこの飲み物が効くのかどうかわからない。もしもこれから先、私が脳卒中で倒れた場合は、

「ああ、効かなかったんだな」

と思い、倒れても後遺症が残らなかったら、

「効いたんだな」

と判断していただきたい。ただ翌朝起きたとたんに便意を催したところを見ると、お通じに効果があることは間違いなさそうであった。

コギャルになりたい

私はこれまで、いわゆるスナック菓子などを、だらだら食べた記憶がない。子供のときから高校生くらいまでは、おやつや夜食を食べていたが、それは小腹がすいたのではなく、きっちり大腹がすいていたのである。うちの親は駄菓子屋で買い食いすることを禁じていて、お小遣いでは食べ物を買わないことというのがうちの規則になっていた。おやつは母親が買ってきたか、手作りしたものを食べることと決められていたのである。たまに親と一緒に駄菓子屋に行って、駄菓子を買ってもらったが、あれは親の目を盗んでこっそり食べるからおいしいので、親にお金をはらって買ってもらうのは、いまひとつという感じだった。

中、高校生のときは、運動部にも入っていたしめちゃくちゃお腹がすいた。学校の帰りにラーメン屋に寄り、家に帰って晩御飯を残さず食べ、試験勉強だと口実を作って夜食を食べる。これは母親は作ってくれないので、自分が作るのはほとんどインスタントラーメンだった。小腹がすくのではなく、本当にお腹がすいてくるので、一食分の食べ物でないと、満足できなかったのだ。

大学に入ると女の子のなかには、バッグに必ずスナック菓子やポテトチップをいれている子がいて、さすがに教室では遠慮していたが、キャンパス内や通学の行き帰りに、牛みたいにずっと口をもぐもぐさせているのを見てとても驚いた。彼女は特に南京豆に似せた「なんきんまね」というスナック菓子が好きで、片時も離さずに持ち歩いていた。これまたうちの親から、歩きながら物を食べるのは、とてもはしたないといわれていたので、育った環境が違うと、趣味嗜好や親の躾《しつけ》もずいぶん違うものだと思った。友だちと喫茶店にいけば、たまにはお茶を飲みながらケーキを食べたし、甘味屋に行けばぜんざいや大福餅を食べた。しかしだらだら食いは、どうもだらしがない気がしていやだった。その彼女に、

「あなた、間食もしないのに、どうして太ってるのかしらねえ」

といわれたときは、ちょっとむっとしたが、「本当にそうだ」と妙に納得したこともある。

社会人になって以降は、間食の習慣はなくなった。というのも三度の食事を腹一杯に食べてしまうために、次の食事までにお腹が減らなかったのである。朝、昼、夜と、

腹八分目ではなく喉元《のどもと》までいっぱいになるくらい食べる。お腹がすいたイコール、すぐちゃんとした食事を食べたいという図式になっていたので、小腹がすく感覚がなかったのだ。

若者のなかには、

「スナック菓子がないと、仕事をする気にならない」

という人がいる。会社の机の引き出しの中にはぎっしりと、つまめるお菓子が詰まっていて、家にも在庫がたくさんあるという。会社では仕事をしながら、家ではテレビを見ながら、ぽりぽりとスナック菓子を食べる。あまりに食べ過ぎるので、御飯が食べられなくなり、どっちが主食かわからなくなったりもするようだ。

私が若い頃はスナック菓子の種類も少なく、ファーストフード店やコンビニエンスストアがそこここにあるわけでもなく、あるのはインスタントラーメンくらいのものだった。それも今みたいにコンビニのお湯サービスがあるわけでもないので、買ってきて家で作るか、それでなければ店に行って食べるか、そのどちらかだった。自室以外の場所で軽く食べられる物など数が少なく、だらだら食いの習慣にならなかったのだろう。

外で歩きながら食べたりするのが、はしたないといわれた時代はどこかへふっとび、

世間的には抵抗がなくなった。最初はコンビニの前にしゃがみこみ、カップめんをずるずるとすすっている彼らを見て、

「きっとあいつらは、毎日、ああいうものを食べているんだろうなあ。あーあー、目の前を何台も車が通って。排気ガスも一緒に食べてるわい」

と呆れていた。しかし自分が高校生のときを思い出すと、親が作ってくれる食事は別にして、自分が作るのはインスタントラーメンだった。当時、コンビニが通学路に山のようにあったら、きっと彼らと同じようなことをしていたに違いないのだ。彼らに対して、

「そんな食生活でどうする！　若いもんはこれからがんばらなければならないのに！」

といってやらねばと思ったりもしたが、実は自分も同じことをしていたので、偉そうに何もいえなくなった。

「でも、あの、しゃがんで食べるのは、ちょっとみっともないと思うんですけど……」

などと腰も引けてきて、しまいには、

「ま、いいか。他人のことだし。好きにすれば」

と退散することにし、彼らの食生活に関しては、これから口を慎もうと決めたのである。

一日、四食、五食のときもあったのに、さすがにこの年になると食欲も落ち、毎食、喉元いっぱいまではとても食べられなくなった。それよりも量が少な日のほうが体の調子がいいのだが、そうすると日によっては小腹がすいてくる。四十代の半ばすぎになって、はじめて小腹がすくという経験をするようになったのだ。いざそうなってみると、いったい何を食べてよいやらわからない。こういうときに、せんべいやお菓子があると、それをつまんだりするのだろうが、間食用の菓子類を買っておく習慣がなかったので、家には何もないのだ。

晩御飯まで我慢しようと思うと、そのうちに腹の虫は「ぐおおおお」と暴れるようになってきて、大腹がすいてくる。まだ晩御飯には早い時間帯である。とにかく家に小腹を満たすものはない。一食分よりも少ない量の麺類などでもいいのだろうが、日中は仕事をしているので、手を止めてつきっきりで鍋の前に立っているのはちょっと辛い。小腹がすいたなと思ったときに手を伸ばせばそこにあり、簡単に食べられて仕事も中断されないもの。そのとき私は、スナック菓子というものは、本当によくできているもんだと感心した。ながらで手軽に食べられる。世の中にあれだけスナック菓子が氾濫しているのもわかるような気がした。しかし私はどうしても買う気にならず、小腹がすいたときのために、さつまいもを常備しておいてそれをふかしたりして、もそもそと食べているのだ。

まだ家にいる場合はいい。外出していて小腹がすくととても困る。週に一度、小唄と三味線を習っているのだが、そのときにお腹がすいていても食べ過ぎていても具合が悪い。その調整が難しく、外食をする習慣もなく、間食をしない私は、腹具合を調整するのに一苦労しているのだ。あるときはお稽古《けいこ》の時間に合わせて、出先で昼食を済まそうと考えた。そのときは冷し中華を食べたい気分だったので、それに素直に従い、とりあえずデパートに入っている店ならば大丈夫ではないかと、その中の中華料理店に入った。値段もそれなりにする店だ。いちおうウインドーの冷し中華の見本もチェックしたが、これならばよろしいだろうと納得した。店内は混んでいた。ごまだれの冷し中華を注文して待っていたが、運ばれてきたとたん、後悔した。どう見てもおいしそうには見えなかったからである。案の定ごまだれも、

「これが、ごまだれか？　ただの色つき水じゃないか」

といいたくなるような風味も何もないもので、がっくりしてしまった。

これで懲りてしまった私は次に、家を出る時間が中途半端な場合、朝御飯を多めに食べることにした。その日は電車に乗っているときはちょうどいい腹具合だった。多めの朝御飯がよかったのかもとうなずいていたのに、電車を乗り換えたとたんに、小

腹がすいてきた。あせっていると、三十代半ばと思われる女性が、紙袋を片手に乗ってきた。そして座席に座ったとたん、袋の中からホットドッグを取り出して、むしゃむしゃと食べはじめたのだった。私はつばを飲み込みながらそれを見つめ、

（ああいうことは、やっちゃいかんのだ）

と自省した。できるだけ我慢しようと思ったが、先生のお宅の最寄り駅で降りると、ますます空腹はつのってきたのである。先生の家までは徒歩で十五分。お稽古場に他の方がいた場合、最悪だと待ち時間も含めて一時間半は見込まないといけない。そうなったら絶対に腹の虫が「ぐおおおお」と大暴れするに決まっている。私は商店街をさまよい歩いた。ちゃんとした店に入って、きちんと食事をするほどお腹はすいていない。しかし確実に腹の虫は「何かくれ」と鳴いている。いっそ腹ぺこのほうが選択肢が多くてずっと楽だ。近くにあった喫茶店の窓から、そーっと店内をのぞいてみたら、おじさんが食べていたサンドウィッチはてんこ盛りになっていて、とてもじゃないけど食べきれない。このときほど道路にしゃがみこんで、物を食べたり飲んだりしているコギャルどもをうらやましいと思ったことはなかった。

「いいなあ。そこいらじゅうにしゃがめて、好きな量の食べ物を食べられるんだもん」

世間の人に、あの子たちは、ああいうもんだと認識されたコギャルは、コンビニの

前でしゃがんでパンを食べようが、大通りを歩きながらカップめんを食べようが、他人に迷惑をかけない限り、許されているではないか。

「ああっ、コギャルがうらやましい」

私は中途半端にすいたお腹をさすりながら、歩き続けた。どう考えても一食分の食事は無理だ。ベストメニューは、海苔《のり》を巻いてしょうゆをさっと塗った焼き餅一個なのだが、そんな物を食べさせてくれる店はない。そこへ目にとびこんできたのは、おいしいと評判の、先生の家の近くのパン屋さんだった。せっぱ詰まっていた私はよろよろと店に入り、パンをひとつだけ買うのは気がひけたので、粒あんパンとかぼちゃパンを買った。そしてこそっと裏道の路地に入って袋を開け、あんパンにかぶりついた。心からほっとして幸せな気持ちになった。良心的なパン屋さんで、粒あんもたっぷり入っている。私は子供のころから厳しく親にいわれていた、

「歩きながら物を食べてはいけない」

という躾をこの四十六歳にして破った。おばちゃんが周囲を気にしながらぼーっと物陰に佇《たたず》み、あんパンを食べているほうが、ずっとあぶないではないか。なるべく人に見られませんようにと祈ったが、行き交う人々は、あんパンを食べながら歩く私なんぞに目もくれなかった。

「なーんだ、全然、気にすることなんかないじゃん」

気が大きくなり、あんパンを平らげた。きっと傍目《はため》に見て、目の色を変えてむさぼり食っていたはずだ。でもやはり親の教えがしみついていて、二度とああいうことはやるまいと反省した。中高年は外で小腹がすいてしまったとき、いったいどういう食べ物で空腹を押さえているのだろうか。年をとるにつれ体のあちらこちらに変化はあるが、目下、私の場合は、面倒な小腹対策をどうするかが重要な問題になっているのである。

リサイクル失敗

　仕事が詰まっているときには何も感じないのだが、一段落してふと部屋の中を眺めると、まるでゴミためになっている。雑誌などでエコロジー、シンプルライフの特集などを見るにつけ、

「私もちゃんとやらなければ」

　とつねづね心にきざみつけてはいた。自堕落な私が心にきざむというのは、なかなかないことなのである。早速、エコロジーのノウハウを学ぶべく、近くの図書館にいって何冊か本を借りてきた。エコロジーの基本は四つあり、できるだけ「買わない」「使わない」「捨てない」そして「リサイクル」だそうである。たしかにいたずらにエネルギーや資源を無駄遣いするのはよくない。その本には事細かに、「割箸は使わない」「買い物には袋を持参する」「使い捨てを減らす」「高くても再生品、リサイクル品を使う」「新聞、雑誌の浪費をやめる」「本のカバーを断る」「料理の作りだめはし

ない。作りすぎない」「外食を避ける」などなど、たくさんの提案があった。そのひとつひとつを見ながら、

「ああ、これはやってるわ。これもやってる。これは……やってないわ……」

と自分の行動をチェックした。やってるものが書いてあると、何だか誇らしい気持ちがするが、やってないことが出ていると、罪悪感にさいなまれるのだ。

私がしていることといえば、日常の買い物のときには袋を持参し、裏側が白い紙は再利用。空のペットボトルをスーパーマーケットのリサイクルボックスに持っていく。ゴミをちゃんと分別する。なるべく使い捨てを避けるくらいのものだろうか。ずいぶん前から新聞をとるのはやめたし、雑誌もほとんど買わなくなった。車も持っていないし毛皮にも興味がないし、まあ、こんなところでいいんじゃないかと思っていたが、本を読んでみるとこの程度ではまだまだ足りないようなのだ。

たしかに最近では買い物袋を持参する人も多くなってきたが、それでもスーパーの袋をもらっている人はいる。私も都心に出かけた後の買い物のときなどは袋に入れてもらうこともある。目撃した限りでは、意外にも若い人よりも、年配の人の持参率が少なかった。そのほとんどはリサイクルに関係あるとかないとかそんな問題ではなく、スーパーのかごすらもそこいらへんにぶん投げていくような、すでに人生まで投げて

いるような感じの人ばかりだった。

あるときスーパーマーケットの前に設置されているリサイクルボックスの前に、人生を投げていそうもない、品のいい五十歳代とおぼしき御婦人が、袋に空のペットボトルを数本いれてやってきた。そしてペットボトルを足元に置き、表情ひとつ変えずにスカート姿で膝《ひざ》を何度も高く上げ、足でがっつんがっつんとペットボトルを踏みつぶしはじめた。そこまでしなくても足を乗せて、静かに体重をかけてもつぶれるはずなのに、ものすごい勢いでボトルを踏みつぶしている。

「あのような人でも、人知れずに深い悩みがあるのかもしれない」

品のいい外見からは想像もつかない姿に、あっけにとられたが、彼女は何事もなかったかのように去っていった。若いお兄ちゃんたちもつぶしたペットボトルを入れていく。リサイクルボックスはすぐにいっぱいになっているようだ。それはやはり、リサイクル意識が人々に芽生えてきているからなのだろう。

私の部屋でいちばん問題だったのは、本をどうするかだった。本が床の上にまであふれていたせいで掃除もままならない。そこで意を決して資料以外の本をほとんど処分し、楽しみで読む本も、読了後、即日、図書館の交換本コーナーに置いてくることにすると、本の悩みは解消された。長い間、本のほとんどを処分するのに躊躇していたが、えいっと勢いをつけてやってみると、やれるもんだということがわかった。捨てるわけではなく、古書店や図書館を通じて必要な人の手に渡るというのも、気が楽に思える理由かもしれない。そうなると他のものまで処分したくなってきた。

次に問題なのは洋服だ。洋服も処分すると管理がとても楽になるはずだ。バザーのお知らせを見たので、まとめてそこに送ることにする。本を処分した勢いに乗じて、不要な服を提供しようとタンスの中身を引っぱり出すと、「おや、こんなものが」「そういえば、買った記憶が」と服がぞろぞろ出てくる。どれも存在すら忘れていたものばかりだ。会社に勤めている人はそうもいかないだろうが、私の場合は通勤するわけではないので、人に会うために出かけるのも週に一日か二日くらいで、そのときに着る服は決まっている。存在すら忘れていた服は私の頭の中ではないものになっていた。ないものになっていたのなら、即刻処分できるはずなのに、見たとたん、

「もうけた」

という気持ちになってしまうのが、私の貧乏くさいところである。その服は着ていないので新品のままだ。くんくんと匂いをかいでみると新品ではあるが、長い間、しまわれてすえた匂いを発していた。洋服は腐るものではないが、何となく腐った感じになっているのだった。

「これを処分するのはちょっと……」

と引き出しに戻したら最後、元の木阿弥《もくあみ》になってしまうので、意を決して体に当てて、鏡の前に立った。

「ほら見てごらん。着ないうちに似合わなくなったじゃないか。顔も体も年をとるんだから、今、こんなのを着たらもろ若作りだ」

声に出して自分に教えてやった。服に体が入るとか入らないではなく、入ったとしても、服のラインがちょっと違う。流行は繰り返すから、ずっと持っているとまた流行が来るといわれるのだが、ラインが微妙に違うので、やっぱりどこか古くさい。それを着こなせるのは若い人か、よっぽどセンスがいい人だ。私は若くもないしセンスもよくないので、

「これはだめ！　若作りに見えるだけ！」

と何度も繰り返して思いを断ちきり、バザーの主催者宛の段ボール箱にいれた。

「ふんっ」

鼻息荒く服を見限ると、勢いで何でもかんでも処分できそうな気がしてきた。もちろん靴下類などはバザーには出さないが、引き出しを開けるたびに、

「何だか知らないうちに増えてきたな」

と不安になっていた。引き出しをぐいっと開けると、奥のほうからタイツが団子状態でぞろぞろと出てきた。ふだん使うのは黒か紺で、五足もあれば十分だ。ところが引き出しから出てきたのはその二倍も三倍もの量で、どういうわけだか黄緑やオレンジといった色まである。

「どうしてこんな色を……」

と自分の色彩感覚を疑いながら状態をチェックし、比較的新しい物を数足残してあとは捨てた。スカートのときに穿《は》く黒のソックスは、調べてみたら奇数だった。片割れがどうなったのか想像もつかない。山のようなTシャツ類。どうでもいいメーカーのは捨てられるが、コム・デ・ギャルソンとなると、ちょっと黄ばんでいる感じがしても、ふん切れない自分が情けない。

「これはもう寿命なんだあ。どこのブランドのものでも、Tシャツは消耗品だああ」

これで貧乏くさい欲望は断ち切った。靴下はゴミ袋行き。Tシャツは適当に切って使い捨て雑巾である。自分はいいことをしたと思ったのであるが、Tシャツは減ったが使い捨て雑巾が山のように増えて、ちょっと途方にくれた。今度はこの雑巾をしまうスペースが必要になったのである。

「うーむ」

物を捨てない限り、物は減らない。でも物を捨てるのはよろしくない。しかし物を家の外に出さない限り、絶対量は減らないのだ。しばらく悩んだが、

「これでよしと思うまで物を捨て、それから増やさなければよい」

という結論に達した。が、ものすごい量のゴミが出た。それもこの第一段階だけである。収集日の朝、何度もマンションのゴミ捨てボックスと家を往復しているうちに、うちのゴミだけでいっぱいになってしまったので、その日は全部出すのは自粛した。

「不要な物を全部処分したら、簡単に物は買わないぞ」

固く心に決めて、私はぐっとリサイクルの本のページを開いてにらみつけた。しかしずらっと並んでいる提案を眺めていると、どれももっともなことばかりなのだが、

「しない」「やめる」「減らす」「避ける」「買わない」という言葉を読んでいるうちに、だんだん気分が落ち込んできた。自分の趣味や気分が関係しないところ、たとえばペットボトルの処分とか、資源ゴミの分別、買い物袋の持参などは習慣としてできるけれども、個人の好みに関する範疇の部分は、どうしても受け入れられないのだ。

私もできればリサイクル品を買いたい。ナチュラル系の商品を扱っている店に行ったら、古紙のリサイクルのトイレットペーパーを売っていた。漂白剤も使っていない

ので、茶色のままだ。これでリサイクルに参加したわと思ったのであるが、買って使ってみたら、この紙が固くて、拭《ふ》くと尻が痛くてしょうがない。痔でもないのに尻が切れるのである。エコロジーと好みの板ばさみに悩んだ結果、私は自分の尻のいい分を聞き、柔らかいペーパーを買うことにした。いくら環境のためになるとはいえ、毎日使うものだから、そのたびに不快な思いをするのはいやだったからである。

外食がいけないとなると、自炊をするわけだが、そうなるとどうしても生ゴミが出る。庭があれば生ゴミを肥料にできる道具も設置できるが、マンションだと難しい。となるといったいどうすればいいのであろうか。また本では着物や真珠もやり玉に上がっていて、両方とも好きな私は胸にぐさぐさ来てしまった。着物はお蚕さんを、真珠はあこや貝を苦しめるからだそうである。

「ごめんなさい、もう買わないことにしましたから」

とあやまりながらも、一生懸命に働いて、そういう物を身につける楽しみまで奪われたくないなと思った。精神的な喜びがあれば物質的な喜びなんてといわれるが、私は欲は少ないほうだが、それでも欲しい物は出てくる。毛皮、着物、真珠がだめというのも、生き物を傷つけるのだから、同じ視点で見るのはわかるのだが。

自分の好きな物を持っているのは、とても心が和むものだ。私みたいにちまちまと

気にするよりも、

「エコロジーなんて、そんなもん知らないわよ」

と毛皮を着て、どこでも車を乗り回し、どんどん物を使い捨ててしまうような人のほうが、よっぽど精神的に潔い感じがする。世間に対して、おどおどしている自分がちょっといやになった。できることをやればいいのだと、自分を納得させてはいるのだが、結局のところ地球のためには、欲望を持つ人間という生き物が滅亡するしかないんだろうなと思ったのであった。

伊能忠敬は偉かった

何か月か前、朝、起きて珍しくテレビをつけた。最近はテレビもほとんど見なくなっていたのだが、何となく手が伸びてしまったのである。各地のレポーターからの話題やら、それほど深刻ではないニュースが流れている。朝食をとったり、汚れ物を洗濯機に放り込んだり、掃除をしたりと、小一時間家事をしているうちに消すのを忘れてしまい、ふと画面を見たら小学校の運動会の様子が映し出されていた。子供たちのお父さんが、鉢巻をしてリレーをしていた。私たちが小学生のころは、父親が参加する種目などなかったような気がする。

「今の運動会はこういうふうになっているのか。お父さんも大変だ」

と見ていたら、それは番組の検証のコーナーで、その検証とは、

「お父さんはなぜ運動会で転ぶのか」

だった。洗濯機が洗濯をしてくれている間に見ていると、まあ、お父さんが転ぶわ

転ぶわ、

「ここで転ぶと面白いのになあ」

と期待していると、期待どおりに転んでくれる。まるでコントのお約束のようにひっくり返るものだから、私はそれを見ながら朝から腹を抱えて笑ってしまい、

「面白いっ」

と画面に向かって叫んでしまったくらいだった。

クラス対抗のお父さんリレーで、彼らの顔はやる気まんまんになっている。子供の学校の余興というよりも、自分の大切な勝負といった感じの雰囲気だ。ものすごく速いお父さんもいれば、遅いお父さんもいる。子供たちをはじめ先生やお母さんで運動場は大盛り上がりなのだが、そこでお父さんが次々と転びまくるのである。第四コーナーで転ぶ、バトンタッチ寸前に転ぶ、そして何でもないところでも転ぶ。快調に走っていたのがバランスが崩れて体が前かがみになり、体の動きがばたばたしてくる。どう考えてもあの短さではもつれようがないと思われる脚がもつれる。見ているこちらが、

「とととととと……」

と声を出してもどうにもならないことがわかっているのに、思わず声を出したとた

ん、お父さんはバトンを握りしめたまま、悲しくも地べたにはいつくばってしまうのである。画面では次から次へと、お父さんが転ぶ姿が映し出され、まるで転倒博覧会のようだ。ばたっと前に倒れる人もいれば、へなへなっとなる人もいれば、加速度がついて豪快に回転レシーブみたいな格好で、転んじゃう人もいる。番組のレポーターは笑いもせずまじめな顔をして、

「それではなぜお父さんが運動会で転ぶのかを検証していきましょう」

とビデオを見ながら、説明しはじめた。転んだお父さんへのインタビューまでついていた。

お父さんは運動神経が鈍いから転ぶのではなかった。走っているお父さんたちを見ていると、もちろん転ばない人もいる。そういう人たちは私の目から見ると、無理なく走っているように見えた。体力ぎりぎりといった感じではない。他人に抜かれてもマイペースを守っている。ところが転ぶ人というのは、のっけから驚くほど脚が速く、やる気まんまんのオーラを体から発している人だった。とにかく、

「やったるで」「おれが抜いてやる」

という気合いがみなぎっていた。転んだ人に聞くと、若いころに野球、サッカーなど、運動をしている人がほとんどで、なかには陸上をやっている人までいた。陸上の

選手当時には、中年になって子供の運動会で転ぶようになるとは、まさか想像もしていなかっただろう。

大学の先生の分析によると、お父さんが転ぶのは、

「精神と肉体が一致していないから」

だという。もともと運動が苦手な人は、走りにもそれほど自信がないし、日常的にも体力の衰えを感じているので、無理をしない。しかしかつて運動をしていた人は、なまじ運動神経に自信があるので、ついついがんばってしまう。精神的にはとてもがんばるのだが、それに筋力の弱った体がついていかないというのだ。若いころは運動会には期待され、

「さすが。走るとごぼう抜きだね」

などと褒められていたのに、中年になって子供の運動会ですっ転んで爆笑されるとは、何とそのお父さんにとっては屈辱的なことだろうか。

「でも、めちゃくちゃ面白いっ」

私よりはきっと若いはずのお父さんたちの転ぶ姿を見て、私は、

「あー、面白かった」

と久しぶりに明るい気分の朝を過ごしたのである。

他人が転ぶのを喜んで見ていた罰が当たったのか、私にとって衝撃的な出来事があった。私は会社をやめて物書き専業になって十六年。運動不足になりがちな座業なので、とにかく毎日、最低一万歩を歩くことを自分に課していた。もともと歩くことが好きだったので苦にならず、買い物がてら散歩気分で、軽く一万歩から二万歩をクリアしていたのだ。同年配の友だちからは、

「よくやるわねえ」

「だから元気なのよ」

などといわれ、インタビューで、

「何か運動は？」

と聞かれると、すでに腹と一体化はしているが、いちおう胸を張り、

「一日、最低一万歩は歩いております！」

といった。自分のなかで他人に自慢できるのはこれしかないからである。

「これで年を取っても足腰は大丈夫」

とたかをくくっていた。ところがこれまた偶然見たテレビで、いくら歩いても脚の筋肉のトレーニングにはならないと知り、呆然とした。筋肉強化を目的とするには、歩くよりも強い負荷を与えないと意味がないらしいのである。

「そういえば……」

思い当たるふしはあった。風呂に入るときにパンツを脱ごうと片足を上げると、軸足がずりずりと不安定に動く。転びはしないけれども、よろめくのである。

「おかしいわ。毎日、一万歩以上、歩いているのに」

首はかしげたものの、たいしたことではないと忘れることにした。両手を肩の高さに挙げ、目をつぶって片足で立つのも試しにやってみたが、やっぱりよろめく。

「そんなはずないわ。これはたまたまよ。だって毎日、一万歩以上、歩いているのに」

とにかく歩いているという事実で、そのような不安を払拭《ふっしょく》しようとしていたのだ。

「たまたまじゃなくて、見事に筋力が弱っていたのね……」

がっくりと肩を落とした。近来になかった衝撃だった。運動会のお父さんを笑っていたが、私だったらスタートのピストルが鳴ったとたんに、脚がもつれて顔面から地べたに転んだかもしれない。筋力が衰えないようにと、十六年間歩き続けていた私は、いったい何だったのだろうか。確かにカロリーの消費にはなっただろうが、もしかしたらケーキ一個を食べたらば、一万歩で消費した程度のカロリーなんてぶっとんでしまうのではないか。

「そうよねえ。歩いても歩いても、下腹はへこまなかったもんね」

せり出た下腹を揉《も》みながら、くらーい目をして画面を見つめていた。画面では中高年の男女が、お勧めの脚の筋トレに挑戦していた。脚を肩幅程度に開いて、転倒しないように椅子の背に手を置き、そのまま腰を落とすスクワット。椅子に座って行う腿《もも》上げ運動などである。自分の体調に合わせて無理をせずに続けて行けば、高齢者でも一週間か二週間で確実に眠っていた筋肉が目を覚ます。画面には筋肉がついた中高年者の腿の輪切り映像が映しだされている。

「ほんとだ」

納得せざるをえないデータを次々に目の前に提示されて、だんだん不愉快になってきた。こんなことならば、毎日、一万歩も歩かないで、家の中でこれらのトレーニングをやっておけばよかったのだ。暑い夏の日も、寒い冬の日も、電車やバスを使わずにてくてくと歩いていたのは、すべて脚の筋トレのためだったのに。

「夏場に毎日歩いてそばかすが増えたのも、冬場に歩いて肌がかっさかさに乾いて粉がふいたのも、みーんな一万歩を歩いたせいだわ」

今度はむかついてきた。外を歩かなければそばかすと皺《しわ》が増えた顔面にはならなかったはずだ。昔は色白といわれたのに、今では黄ばんできたような気がする。そんな思いまでしているのに、おまけに筋トレにはならなかった。いったい私は何をやっていたのだ。今はだいたい一万歩を歩くと一時間二十分かかる。一年では四百八十六時間である。それの十六年分、つまり一日に直すと、約三百二十四日、私は無駄なことをやり続けていたのだ。歩き続けて伊能忠敬のように、偉業を成し遂げるのならまだしも、ダイエットの役にも立っていなかった。

「私の貴重な時間を返せ！」

怒りをぶつけようとしても、どこにぶつけていいかわからない。自分が無知だったから悪いのであるが、十六年間という期間を考えると、簡単には怒りは収まらない。

「こんなこと、教えないでちょうだいよ。まったく、もう」

いっそ知らないほうがよかった。

番組は終わった。くらーい気持ちでソファに座っていると電話が鳴った。出ると友だちだった。

「見た？」

笑いをかみころしているのがわかった。彼女は私が一万歩を歩き続けているのを、

「私にはとてもできないわ」

と常々いっていたのだ。

「見たわよ」

「残念だったね」

電話口でくっくっくっと笑っている。

「悪かったわね。まさかこうなるとは思ってもみなかったわよ」

「筋トレ、がんばってね」

私が無言でいると、

「ぐっふっふっ」

とふくみ笑いが聞こえ、電話は切れた。私はそこここで、一日、一万歩歩いている
と自慢した手前、

「得意げにあんなことをいわなきゃよかった」

と怒りと後悔がごっちゃになって頭が爆発しそうになった。

「こうなったら何がなんでも、筋トレをはじめてやる。意地でも筋肉をつけてやるわ。一年の間に、また新しいデータが出たなんていったら、ただじゃおかないよ」

二十一世紀をむかえた私は筋トレ女と化した。毎日、ぶつぶついいながら、

「ふんっ、ふんっ」

と鼻息荒く、筋肉をつけるべく、スクワットと腿上げに励んでいるのである。

「おじさん」と反物

十月のある夜、打ち合わせがらみの会食があり、家に十一時前に帰ると一枚のファクスが届いていた。仕事の連絡かと見てみたら、それは弟からのもので、

「おじさんが今日、午後六時二十三分に亡くなりました。二日前から餌《えさ》を食べなくなって病院に連れていったのですが、だめでした」

と書いてあった。「おじさん」とは実家で飼っているオスのウサギで、彼がやってきたおかげで、私はいろいろと助けられたのである。

おじさんは私の友人が拾い、事情を考えて飼えないと判断して、うちの実家へ連れてきたのだ。母親はかわいい「おじさん」にのめりこんでしまい、そっちに関心が移ったおかげで、宝飾品や着物への浪費癖がおさまったという、私にとってはとってもありがたいウサギだったのだ。友人が獣医さんに連れていったときには、もうすぐ大人になる年齢といわれていて、飼ってから三、四年しか経っておらず、思ったよりも

短命だった。これまでうちで飼っていた動物はみな長命で、ハツカネズミの歯がなくなったり、モルモットの腰が立たなくなったりしたのを、みんなで懸命に介護して天寿をまっとうしていったので、三、四年などという平均寿命程度では、うちの場合は、納得できないのである。「おじさん」はそんな年でもなかっただろうし、あまりに突然なので、私もちょっと驚き、実家に電話をした。

「もしもし」

弟が出た。めっちゃくちゃ暗い。受話器の向こうからどよーんと重苦しい空気が流れてくる。母親も弟も食事が喉を通らず、何も食べていないという。母親はショックですでに寝てしまったらしい。彼の話によると、「おじさん」は二日前から急に食欲がなくなって、水しか飲まなくなった。そのうえ首が傾いている。あわてて獣医さんに連れていった。

「リンパ腺が腫《は》れていますね。水を飲んでいれば大丈夫だから、抗生物質の注射を打ちましょう。薬もあげますから、水かご飯にまぜてあげてください」

たいしたことがなくてよかったと、家に帰って部屋の中に放した。そしていつものように「おじさん」がリビングルームを走り回りはじめたとたんに、こてっと横になって倒れ、そのまま息絶えてしまったというのである。リンパ腺が腫れていたということは、何かに感染していたのだろうが、母親や弟にとっては、まさしく青天の霹靂《へきれき》だった。これまで飼った動物は介護の年月が長かったから、その間に何となく覚悟はできる。

「毛並みが悪くなってきたな、元気がなくなってきたな、ご飯を食べなくなってきたな、寝てばかりいるな、あー、やっぱり死んじゃった」

と段階がある。しかし今回は獣医さんから最終宣告を下されたわけでもなく、ほっとした矢先の出来事だった。

「おじさん」は私の友人たちの間では、

「世界一幸せなウサギ」

と呼ばれていた。撫で撫でも抱っこも山のようにしてもらい、食事のときはダイニングテーブルの椅子を与えられ、二人は人間のご飯、「おじさん」はウサギのご飯と、二人と一匹で食卓を囲んでいた。寝るときは母親と一緒で、天気のいいときには庭を走り回る。ウサギは直射日光に弱いというので、庭に置くパラソルまで買った。クローバーを植え、「おじさん」の写真を山のように撮影し、私と「おじさん」の拾い主のところに、どさっとアルバムが届けられる始末だった。「おじさん」は先に飼われていた、私が雛のときに近所の路上で拾った、チビタンと名付けられた鳥とも、まずまずの友好関係を築いていた。最初は葛藤《かっとう》があったものの、お互いに言葉が通じるわけでもないけれども、何となく認め合うようになっていた。

近所でメスの白いウサギを飼っていて、子供を産ませたいので、お婿さんになってくれないかと話がきた。母親も、

「サカリがついたまま、放っておくのも何だから」

とメスを一週間、預かった。すると「おじさん」は、彼女がやってきたとたんに上にのしかかり、あっという間に事を済ませて、あとは知らんぷりで、彼女には全く興味を示さなくなってしまったのである。母親と弟は、あまりの早さにあっけにとられたものの、

「もう終わりました」

とすぐに返却するわけにもいかず、メスを一週間、手元に置いていた。大切な預かりものなので、下にも置かぬ扱いである。そのメスは家ではケージの中に入れられたままで、外を走り回ることはほとんどなかった。ところがうちでは、毎日、かあちゃん、にいちゃんの抱っこつき、食後のおやつ、室内走り放題というサービスで、特に弟が溺愛《できあい》して、かわいがっていた。一週間後、飼い主が引き取りに来たとき、メスは家に帰るのを嫌がって大暴れしたという。

「あら、どうしたのかしらねえ」

と首をかしげる飼い主を見て、

「冷や汗がでた」

と母親はいっていた。

その後、無事に子供が生まれ、「おじさん」の子孫はその家で元気に暮らしている。生きているときにあれだけかわいがってもらい、子孫も残した。たしかに寿命は短かったかもしれないが、一生ではなく二生分も三生分も、幸せな思いをしたのではないだろうか。

といっても、飼っているほうは納得できない。

「こんなことになるんだったら、もっとかわいがってやればよかった。もうあの大きさの動物は飼いたくないよ。かわいそうすぎるもん」

弟は暗い声でつぶやいた。

「あんなにかわいがったじゃないの」

驚いていると、それでも後悔しているのか、

「うーん」

とうなったまま、黙ってしまった。

「ペット霊園に入れるか、庭に埋めるか、これから相談するよ」

最初から最後までくらーいままま、電話は切れた。

私は実家から送られてきた、「おじさん」のアルバムを開いてみた。グレーの毛並みで首のところが白く、目が真っ黒でたしかにぬいぐるみのようにかわいい。こういうかわいい子が死んでしまったら、本当にショックだろう。弟にとっては子供、母親にとっては孫、そして私にとっては母親の浪費癖をやめさせた大切なストッパー役だったのである。

「ペットロス症候群にでもなったら、えらいことだな」

これからいったいどんな展開になるのかしらとやきもきしていると、翌日、母親から電話がかかってきた。

「もしもし」

といったとたん、

「死んじゃったあああーっ」

という大きな泣き声が聞こえてきた。あまりに突然で開けっぴろげなので、悲しいという事情は痛いほどわかっているものの、私は思わず噴き出しそうになってしまった。

「あーあーあー」

母親は電話口で大泣きしている。まるで子供のようである。私は笑いをかみ殺しながら、

「急だったわねえ」

といった。ひとしきり電話口で泣いて、少しは落ち着いたのか、母親はしゃくりあげながら、二人で相談した結果、ペット霊園ではなく、「おじさん」が大好きだった庭に埋めてやることにしたようだ。

「いまテーブルの上にタオルに包んで置いてあるの。目を開いていてね、ちょっと笑っているみたいにかわいい顔をしてるのよ。とても死んでいるようには見えないの。今までずっと抱っこしていたんだけどね、こんなかわいい顔をしているのに、土の中に埋められないよおお」

そういってまた泣いた。さすがの私も胸が詰まってきて、何もいえなくなった。飼っていた動物が亡くなったとき、死に顔をみてそれが本当に優しい顔をしていると、心から、

「ああ、よかった」

とほっとしたものだった。あれだけかわいがってもらったのだから、「おじさん」

にとっては幸せな人生だったのだろう。

「一緒にね、おじさんが好きだったウサギとクマちゃんのぬいぐるみと、ボールや棒のおもちゃと猫じゃらしと、他にも箱一杯あるんだけど、みんな埋めてあげようと思ってるの……」

そんなにおもちゃを買ってやっていたのかと呆れつつも、

「動物を飼っている人は、みんなそういう思いをしなくちゃいけないんだから。仕方がないよ。まだチビタンもいるんだから」

と慰めるしかない。

「チビタンは丈夫だからいいんだけど」

どこからチビタンが丈夫だという理屈になるのかわからないが、ここでそういうことを突っ込むわけにはいかないので、私はただ、

「ふむふむ」

と話を聞いていた。とにかく今は思いっきり泣いて、一日でも早く立ち直ってもらいたい。そしてこの悲しみをまた浪費にぶつけないようにとそれを祈るばかりであった。

どよーんと暗いエクトプラズムが漂う実家には電話がしづらくなり、私は向こうか

ら連絡があるまで放っておいた。二週間後、

「あっ、おねえちゃん、こんにちはーっ」

と母親の元気な声で電話がかかってきた。どうやら元に戻ってくれたらしい。「おじさん」が亡くなった直後、都内のホテルで同窓会があり、そこで話をしたら、飼っている動物を看取《みと》ったという人が多くいた。なかにはこの一年で三匹の犬を看取った人までいたという。同じ悲しみを共有できる仲間がいたので話をしているうちに、ふっきれたらしいのである。

「そのときに、残された動物に気をつけてあげなさいっていわれたのね。実はチビタンが大変だったのよ」

「おじさん」が亡くなってから、チビタンがピーとも鳴かなくなり、しゅんと肩を落としてしょげかえってしまっていた。母親はチビタンを元気づけようと、

「おじさんはあそこに寝てるからね。いつも一緒にいるのと同じなのよ」

と庭を指差しながら話しかけ、チビタンの気分を盛り上げようと努めた。すると「おじさん」の死から二週間後、やっと以前のように鳴き始めたというのであった。

「元気になってよかったわ。ところでねえ、反物が出てきたんだけど、仕立ててもらっていいかしら」

無邪気に母親はいった。ぎょっとした。おぬし、また来たかという感じである。仕立てだけなので、いちおうはいいよといったものの、これからエスカレートしていったらどうしよう。弟からは、すぐに動物は飼わないようにと申し渡されているらしいので、早急には無理だが、ころあいを見計らってまた新たなストッパーを送り込まねばと、画策しているのである。

二十一世紀のわたくし

本当に一年が経つのは早い。あっという間に二十一世紀に突入である。昨年末は二十八日が私の仕事納めであった。以前だったらそれから買い物に行こうとか、家の中の片付けをしようとか、それなりに意欲的になったものだった。いちおうそのつもりで、室内各部屋の掃除のスケジュール、買っておくべきもののメモなどを書いていたのだが、全くやる気が起きない。前は不精であってもそれなりに腰が軽かったのであるが、今は座ったら最後、頭では、

「やらなくては」

と思うのだが、体が動かない。いちおう各部屋の窓ガラスと、バス、トイレ、洗面所の水回りはきれいにしたものの、それで三軒分の家の掃除をしたような気分になってしまい、

「もうやめた」

と大掃除はやめにして極小掃除でごまかした。洗っていて皿を割ってしまったので、それを買いにいかなくてはならない。持っている食器の数が少ないので、買わないとメインのおかずを盛る皿がないのだ。重い腰をどっこいしょと上げてデパートの食器売り場に出向いたら、

「年末にこんなに食器を買う人がいるのか」

と驚くほどの人がレジに並んでいる。その列を見たら買う気は失せ、

「皿は年明けに買いに来よう」

と手ぶらで帰ってきた。ふだんは単発の仕事は引き受けないのだが、たまたま文庫の解説を何冊か引き受けたので、それを読みながらだらだらと年は明けてしまったのである。

一月一日の朝、いちおう同居しているネコには、

「おめでとう。今年もよろしく」

と挨拶をした。しかしネコには盆も正月もないらしく、

「みーっ、みーっ」

と鳴きながら、早くベランダに出してくれと催促した。テレビも特に面白そうな物もなく、とりあえず雑煮を作って、それらしい気分を盛り上げようとした。

「うーむ、やっぱり餅はうまい」

ちょっとやる気になってきて、今度は「これからのわたくし」について思いを巡らせた。わたくしは今年は四十七歳になる。十二月生まれなのでまだ間はあるが、年をとることには変わりはない。目が疲れたりはするが、ありがたいことに健康で過ごしている。筋トレも続けている。仕事は連載のスケジュールは三年先まで決まっているので、それをこなしていくしかないのであるが、明らかに頭の回転が鈍くなってきているので、

「引退時期をいつにするかも、のちのち考えなくてはなるまい」

と思う。とはいっても税金を遅れ遅れに払っているようなありさまで、貯金通帳には残金はほとんどない。年末に通帳に記載されていた額は一万二千二百三十円であった。これはここ三、四年の年末の風物詩みたいなもので、最初はショックだったが、このごろは、

「やっぱりね」

とうなずいたりしている。このような状態なので、もうちょっと働き続けないと、引退なんてできないのだ。

「四十七歳か……」

声に出してみた。そのとき頭に浮かんだのは、年末に亡くなられた如月《きさらぎ》小春さんのことだった。私は三十歳のときに彼女と一度、お会いしたことがある。彼女は私よりも二歳ほど下のはずだが、誰が彼女がその年齢で亡くなると予想しただろうか。もちろん人の死など予想できるものでもないのだが、やはり自分よりも年下、それも近い年齢であればあるほど、胸にぐさっとくる。

「いつ亡くなってもおかしくない年齢になったのだ」

と心に刻み付けるしかない。以前、インターネットの寿命判定をやってみたら、九十歳すぎの結果が出たと書いたが、それは遊びのようなものだ。そういう可能性があるというだけで確約ではない。自分よりも若い人が亡くなると心からそう感じる。ソファの横に積んであった本を開いてみたら、そこには、

「年を取ると自分の持ち物を処分するのにとても労力が必要になってくる。母親が亡くなったあと、娘さんが残された膨大な荷物を前にして途方にくれたケースもある」

と書いてあった。

私には子供はいないが、誰かが遺品の整理をするだろう。そんなときに途方にくれられては申し訳がないではないか。だいたいもういつ死ぬかわからないのだ。私はいてもたってもいられなくなって、ごそごそと物品の整理をはじめた。本棚の本はこれ

までにほとんど処分したのだが、実は絶対に処分しない本をいれておく、アンティークの観音開きの本棚があって、そこにはこれまで手をつけていなかったのだ。

「ここも何とかしないとなあ」

一冊一冊見ていくと、必要がなさそうな本が次々に見つかった。どれも特別珍しい本ではない。図書館でも読める本ばかりだ。いつか原稿を書こうと思っていたが、今、ぱらぱらぱらとめくってみると、それほどの気持ちはわいてこない。古書店行きの本を選び出していると、「バウハウスと茶の湯」「モデルノロヂオ」の間から、小さなビニールの袋が二つあるのが見える。引っ張り出してみたらそれはパンツだった。海外通販で買ったスイスの下着メーカーの物で、日本で買うと高いので、一時期、通販で買っていたのである。

「でもなぜそれがここに……」

全く記憶がない。梱包《こんぽう》の箱から出してタンスの中にいれるのならともかく、なぜパンツが本棚にあるのか。

「うーむ」

しばし悩んだ。が、思い出すわけもなくパンツをしかるべき場所に収納して、本棚に戻った。

「でも、よかった……」

私に万一のことがあって、遺品を整理していた人が、本棚からパンツが出てきたら、いったいどう思うだろうか。

「恥をさらさなくてラッキー」

正月早々、運がよかったと胸をなでおろした。

「今年は何かいいことがありそうな感じ！」

とおめでたく喜んだりもした。

三が日の間に、多少は物品の整理も進んだかというと、すぐにやりたくなくなってしまい、それっきりになった。年齢が近い独身の友だちに、

「やる気が起きないのよ」

と愚痴をいうと、

「あら、私もそうよ」

という。彼女はそれまでこまめに料理を作っていたが、去年の後半から全くやる気がなくなり、おかずはデパートの惣菜売り場でまかなっているという。

「今はカップめんがずらっと並んでるわよ。水回りの掃除はここのところずっとお掃除サービスに頼んでるし」

そしてお掃除サービスのパンフレットをくれた。やる気がないというのは、さすがに不精な私としても時として罪悪感を伴うのだが、同じ気分の人がいるとうれしい。

「そうよね、私たちきっと更年期だし。やる気、起きないのよね」

とお互いに納得しあったりした。これからはやる気がなくなったら「更年期」が免罪符である。でも更年期が過ぎれば、やる気になるのかというと、そうではないような気がしたが、二人のなかで、

「仕事関係の人に迷惑をかけなければいいじゃないか」

という結論に達したのである。

私が新年早々、やる気がないと知った、知り合いの早稲田大学演劇科卒業の若い女性が、私を新春歌舞伎に誘ってくれた。十代目坂東三津五郎の襲名披露公演である。それも前から五列目の席だ。

「着物を着て、ぱっと行きましょうよ」

といわれ、

「そうね、それもまたよいかも」

と出かけた。しかし少し風邪気味でもあった体に着物と羽織は重く感じられ、お年寄りになると着物を着なくなる人が増えるのがわかった。洋服のほうがはるかに軽い。

それをはじめて私は認識したのだ。

「うーむ、いつまで着物を負担に思わないでいられるやら」

そういいながらも、歌舞伎座が近づいてくると、胸がわくわくするのがまだ救いだった。着物姿の人々を見ているのもまた楽しい。私は歌舞伎のことはほとんど知らないし、演目についても何もわからない。前に来たときは年配のその他大勢の役者さんが、顔を真っ白くして女形姿でずらっと並んでいるのを見て、噴き出してしまったような不謹慎な女なのである。でも歌舞伎は面白くて好きなのだ。

私は襲名披露公演は、最初っから御当人が出ずっぱりなんだとばかり思っていた。幕が開き下手から翁《おきな》が出てきた。私は彼の顔を見ながら、

「あらー、すったもんだあったから、八十助さんもずいぶん老けちゃったわねえ」

と同行の彼女に耳打ちしたら、

「あれは羽左衛門ですよ」

と笑われた。

「ああ、そうなんだ」

生まれて初めて動く羽左衛門を見た。それでは三津五郎はどこかと舞台を探したが、團十郎はすぐにわかったが、もう一人の人はどう見ても菊五郎のように見える。隣の

彼女に確認するとそうだった。結局、最後まで十代目は登場しなかった。

それでは次かと楽しみにしていたら、いつまでたっても出てこない。あまりに私が無知なのを知った彼女はあれこれ教えてくれた。

「左にいるのが雀右衛門で、右が福助ですよ」

「うん、福助は知ってる！」

ほとんど幼稚園児である。結局、十代目は登場せず。食事をはさんでやっと三番目の演目で、喜撰法師役で十代目が登場した。玉三郎が茶汲女で踊ったのであるが、これまた生まれて初めて、舞台で動く彼を見てあまりの美しさにぽーっとなった。品のいいなまめかしさのすごいオーラが出まくっている。寺のお坊さん役で橋之助、辰之助、菊之助、新之助などがずらっと勢揃いした。

「わあ、みんな知ってる」

この時点で隣の彼女は相当に呆れていたと思う。次の演目では芝翫と菊之助が傾城《けいせい》を演じ、女形の菊之助のあまりのかわいらしさにうっとりした。途中、頭がぽーっとして何度か意識を失いそうになったが、菊之助の登場でぱっと目が醒めて、食い入るように見つめてしまった。あっという間の楽しい五時間だった。これから毎月観に行きたいなとも思った。家を出るときは着物が肩に重く感じられたが、帰るときはそうでもなかった。多少、気分が変わったのかもしれない。やる気がなくなったり、気分がふさいだりするが、このような楽しみがちょこちょこあれば、何とか二十一世紀もやっていけそうな気がしたのであった。

象の墓場ネコ

先日、うちの駄ネコ「しい」の、ワクチン接種に行った。本当ならば年に一度しなくてはいけないのだが、前回に打ったときから二年近く経過してしまった。というのも避妊手術を受けさせたときに、二日間、病院に泊まったのが本当にいやだったらしく、それ以来、病院まで運んだキャリーケースを持ち出すと、中に入らなくなってしまったからだ。

「そんなもん、とっつかまえて中に放り込めばいいじゃないか」

と思われるかもしれないが、うちのネコは軽量級のメスなのだが、とんでもなく足が速く、まるで野生動物のように家の中を走り回る。特に人がやってくると、走って姿を隠してしまう。たずねてきたとき、ものすごい勢いで走り去る姿を見た友人は、あっけにとられて口を開けたまま、立ち尽くしていたくらいなのである。

あまりに素早い動きと、私にしか慣れない性格のため、

「象の墓場ネコ」

とも呼ばれている。噂には聞いたことはあるが、姿を見た者は誰もいないというわけだ。私にしか慣れていないというのに、飼い主がつかまえられないくらいの速さで逃げ回るし、トラウマを抱えているのに、無理じいをするのも問題かもしれないと、先送りにしているうちに、日が経ってしまったのだった。

しかしネコの体のことを考えると、やはりワクチンは必要だ。素直にキャリーケースに入らないネコには、ケースの上部も開くタイプのものがいいと聞き、

「前のがあるのになあ」

と思いつつも、それを買ってきた。普通のドアタイプのものだと、自主的に入ってくれない限り、尻を必死で押す飼い主と、踏ん張るネコとが格闘しなければならなくなる。そうなるとますます今後、ワクチン接種に行くのが困難になる。ケースに慣れさせるために、リビングに置いておいたら、中には入らないけれども、ふんふんと匂いをかいでいる。前のケースのときは取り出したとたんに、さーっと逃げてしまうのに、これも同じ目的で使われるものだとはわかっていない。これがちっこい脳味噌のネコの悲しさなのだ。

次は病院選びである。これまで行っていた病院はあったのだが、そこの先生にちょ

っと問題があると感じたので、新しい病院を探していた。私が問題だと思ったのは、若いインターンの先生を診察中に怒鳴りつけたり、ネコに対する態度も、とっても優しかったりするかと思えば、

「あーあ、こんなことになっちゃって」

と呆れた口調でいわれたりと、彼の感情の起伏が激しいと感じたからだった。ただでさえネコにとって病院はいやなものなのに、そこで大声を出されたら、ますます萎縮してしまうのではないだろうか。

そんな話を、十六歳になるビーちゃんという名前のオスネコを飼っている、隣に住んでいる友だちに話したら、

「うちも病院を探さなくちゃ」

という。以前書いたことがあるが、ビーちゃんは歯石を取ってもらう際に麻酔をされ、その後一週間、声が出ないというかわいそうな目に遭っている。友だちは、

「ちょっと不安だから替えようと思ってるの」

とよさそうな病院の住所が書かれたメモを見せてくれた。そしてどうせ行くなら、ネコの専門病院がいいのではないかという結論に達し、二匹を連れてそこに行くことにしたのだった。

連れていく前に、キャリーケースに入れる作業があったが、しいを抱き上げ、ケースの上部を開けて中に入れたら、すんなり入った。すんなりというよりも、彼女にとってはわけがわからないまま、入れられてしまったという印象だったようで、私たちの共通の友人が運転する車に乗ってしばらくしたら、ぶるぶると震え出した。

「しいちゃん、大丈夫よ。お母ちゃんもずっと一緒だからね」

声をかけながらドアの格子の間から指を入れて撫でてやっても、震えは止まらない。私は、

(まさか、このままショックで死んでしまうのではあるまいな)

とちょっと不安になりながら、ひたすら声をかけて体を撫でてやった。そのうち車が大嫌いなビーちゃんが、

「うえぇー、うえぇー」

と鳴き出した。

「本当にいつまでたっても、慣れないわねえ。車に乗ったとたんに、おとなしく寝るネコもいるっていうのに」

友だちはため息をついた。片方は大鳴きし、片方はぶるぶると震えたまま、目指すネコ専門病院にたどりついた。運転をかってでてくれた友だちは、時間をみてまた迎

えに来るといって、去っていった。

病院には優しいご夫婦の先生がいた。予約している旨を告げて中に入ると、しいのぶるぶるは治まっていたのでほっとした。まず最初に問診があった。どんな餌を食べているか、量はどのくらいか、便、尿の回数と量、気になっていることはあるか、そして、

「糞はどのくらいの量ですか？　たとえば親指で何本くらいでしょう」

などという質問を受け、ただ漠然と糞取り作業をしていた私は、冷や汗をかきながら、

「えーと、えーと、親指三本くらいです」

としどろもどろになって答えるしかなかった。ワクチン接種の前回から時間が空いてしまった理由も話した。きめ細かい問診のあとは診察である。

「それでは若いネコちゃんのほうから見ましょうか」

女性の先生にいわれてケースの上部を開け、しいを抱きかかえると、私の体にぺっとりとしがみついてくる。獣医さんのところにくると、ふだんの様子とは全く違い、本当に借りてきたネコみたいにおとなしくなってしまうのだ。しばらくこの場に慣れるように抱っこしていると、友だちは笑いながら、

「わあ、こんなにおとなしい、しいちゃんを見るのははじめてだわ」

といいながら、体を撫でた。そんなことすら気がつかないくらい、しいは緊張していうらしく、私の体にしがみついたまま、されるがままになっていた。

「それではちょっと心音を聞いてみますね」

先生は私がしいを抱っこしたままの体勢で、聴診器をすべりこませた。しいは少しずつ落ち着いてきたのか、窓の外の車の渋滞を眺めている。

「台の上に乗せていただいて、大丈夫でしょうか」

しいを体から離して診察台の上に乗せると、おとなしくしている。

「いい子ね、すぐ終わりますからね」

先生は優しく両手で体を触りながら、

「ふむ。お腹の中に二本、入っていますね」

と激しくチェックをいれた。また私はしどろもどろになって、

「今日はまだ、糞はしていませんでした」

といった。そしてしいはおとなしく二年ぶりのワクチンを打ってもらい、

「はーっ」

と肩の荷をおろした。

「よかったねえ、しいちゃん」

しいは場所に慣れて、興味が出てきたのか、眼をくりくりと見開いて室内を見渡している。気を許すと図々しく室内を探検しそうだったので、

「あんたはここにいなさい」

とケースにいれた。中に入っておとなしくしているしいを見て、

（拾った駄ネコのために、キャリーケースを買い直すなんて無駄遣いだったと後悔したけれど、これがあって本当によかった）

と思った。

病院が苦手のビーちゃんは、ケースの中で固まっていた。友だちが両手を中にいれると、しぶしぶ出てきた。すでに肉球は汗でじっとりと濡れ、腰は引けてエビのような体勢である。ビーちゃんは高齢なので、

「飲む水の量はどれくらいですか」

とつっこんだ質問も数多く出されていた。うちのネコもビーちゃんくらいに長生きしたら、そういうチェックが必要なのだなと、私は一緒になって聞いていた。

「何か気になることはありますか？」

先生が友人に問いかけた。

「あのう、口が臭いのとおしっこが臭いのと、下半身がよぼよぼしているんです。それにちょっと太りすぎのような気もするんですが」

ビーちゃんはとっても美ネコで、とても十六歳には見えないのだが、明らかにそういう症状がでているのは年をとっている証拠だ。しいだって今はトラブルはないが、十六歳まで生きたら、そこここが臭くなって、よぼよぼしてくる。そこへ男性の先生がやってきた。

「でもこの年齢でこの体格ならいいですよ。やせていくネコが多いですからねえ。でもお腹がぱんぱんに張っているのは、脂肪のつき方に少し問題があるかもしれませんね。少したるんだようになっているほうが自然なんです」

「はあ」

私たちは同時に声を出した。ビーちゃんの腹は、楊枝で突き刺すとぷりっと中身がはじけでてくる、ぶどう羊羹《ようかん》のように張り切っている。ぱんぱんに張っているほうが、若々しい体型のような気がするが、実は違っていたのだ。

先生はビーちゃんの下半身を触診した。

「お母さん、よぼよぼしているとおっしゃいましたが、骨に問題があるのではなくて、股《また》ずれを起こしているのだと思います」

まじめな顔だった。

「えっ、股ずれ？」

私たちは思わず顔を見合わせた。相撲取りは太ももの肉が邪魔をして、足を平行に出して歩いているが、ビーちゃんはそれと同じ状態だったのである。

（ネコが……股ずれ……）

私は下を向いて、笑いをこらえていた。ビーちゃんはとにかくその場を離れたいらしく、診察台から私の膝の上に移動し、助けてくださいようといいたげに、しゃがみこんだ。しかしすぐに友だちに台の上に戻され、とほほという表情をしていた。

結局、ビーちゃんは心臓にまで脂肪がついていたため、歯石をとるための麻酔をかけるには、ダイエットが必要と診断された。車で送り迎えをしてくれた友だちは、

「ネコにダイエットですって？　あなた、はっきりいったら？　うちは長生きさせるために飼っているわけじゃありませんって」

という。

「そんなことといえるわけないでしょ。先生たちは少しでも元気に長く暮らせるようにって、思ってくれているんじゃないの」

帰りの車の中で少し揉《も》めた。そしてビーちゃんは、それから、

「おーい、股ずれ」

と呼ばれ、

「うええー、うええー」

と反抗する日々を送っているのである。

ビーの「ケツ夫」騒動

前回で書いた「股ずれネコ」と呼ばれるようになったビーであるが、その後、大変なことになった。股ずれどころではなくなったのである。土曜日の夜十一時近く、私は日課の半身浴を済ませ、ネコを膝の上にのせてぼーっとしていると、電話がかかってきた。受話器を取るとビーとうちのネコを病院に連れていってくれた友だちからだ。

「ビーの様子がおかしいの。もしかしたら死んじゃうかもしれない」

私はあわててパジャマの上にコートをはおり、サンダルばきのまま隣のビー宅に走っていった。ドアを開けると、ビーは友だちに抱かれている。すでにぐったりした姿を想像していたので少し安心はしたものの、その横でビーの飼い主のAさんが呆然としているのを見て、ただならぬ様子を悟った。

「あんなに抱っこが好きだったのに、いやがるのよ。昨日もおとといも一緒に寝なくて、自宅で寝てたの」

Aさんのベッドルームには、段ボール箱の中にタオルを敷いた「貧乏くさい自宅」と呼んでいるビーの寝場所があり、そこで丸まっていたという。

「おまけに体を撫でると怒るのよ」

どれも今までのビーには考えられないことだった。人にぺたぺたとくっつきたがるのに、いやがるなんて信じられない。

「ビーちゃん、どうしたの」

声をかけても黙っている。

「ほら、ちょっと見て」

友だちが前足を持ったり、お腹を触ったりすると、

「んぎゃー」

と歯を剝《む》いて怒る。もともとおっとりとした穏やかな性格なのに、そんな顔をするのをはじめてみた。

Aさんが心配そうにいう。

「ね、変でしょう」

「そうねえ、こんなふうになるなんて、今までなかったものねえ」

「どうしたの？　えっ、どうしたの？　ビー。何があったの？」

抱っこしながら友だちが体を触ると、そのたびに、

「んぎゃー」

と般若のような顔で怒る。だんだん「んぎゃー」にバイブレーションがつき、

「んぎゃぎゃぎゃーあああん」

と不愉快そうな声が部屋に響いた。

「これは明日、病院に連れていったほうがいいわよ」

私がビーの頭を撫でても、顔つきはむっとしていて目がつり上がっている。

「ぎゃーぎゃー怒って、今日、このまま死んじゃうんじゃないの」

友だちがそういうとAさんは、

「このままそんなことになったら、本当に困るわ」

とつぶやく。

「とにかく、明日、病院へ連れていく」

と三人の意見は一致し、日曜日も受け付けてくれる、近くの動物病院に連れていくことになったのである。

翌日の夕方、ビーは診察を終えて帰ってきた。

「どうだった？」

Aさんは、

「ご心配をおかけしました。ありがとうございました」

と頭を下げた。

「なんだか大変だったの」

ビーの具合も心配だが、日曜日まで診療してくれる動物病院は、患者でいっぱいだったというのである。

「犬やネコ以外にも、いろいろな動物も来ていてねえ。緊急手術もしたりしてて、大変なことになってた」

不幸にも事故に遭ったかわいそうな動物もいた。飼い主の心中を察するととても他人事とは思えず、

「はあ、そんなに……」

というしかなかった。

ビーちゃんが前足を触ると痛がったというので、レントゲンをかけた。

「靭帯が伸びきってますね」

獣医さんにそういわれても、Aさんは、

「はあ、靭帯ですか」

というしかない。ネコの爪は出したり隠したりできるものだが、ビーの爪はすでに出っぱなしになっていて、歩いているとかちかちと足音がするようになっていた。これも老化現象のひとつなのだろう。とりあえず痛み止めの注射を打ってもらい、食事にまぜる薬ももらってきたという。

「ビーちゃん、大変だったねえ」

顔を見るとビーちゃんの顔が明らかに昨日とは変わっていた。いつものようなおっとりとしたかわいい顔に戻っている。あの歯を剥いた般若のような顔が嘘のようだ。

「とりあえず、よかった、よかった」

私たちはほっとした。

ところがまたしばらくして、Aさんが、

「ビーのおしっこが出ない」

と暗い顔をしている。それは大変だとまた私たちは心配し、Aさんは病院へ行くのが大嫌いなビーのために、なるべくストレスを減らそうと獣医さんに往診を頼んだ。

ビーの体を見た先生は、

「あっ」

と叫んだ。

「これだったんだねえ、痛かったのは」

最初に行ったときは外からはわからなかったのだが、ビーのお尻の穴とは別に、皮膚がただれて穴が開いていたのであった。オスネコの臭腺が化膿《かのう》して膿《うみ》が溜まり、それが炎症を起こして皮膚にまで及んでしまったのである。傷口を消毒し化膿止めの注射を打ってもらい、Aさんは日に二回、患部を消毒する義務を負わされた。おまけにこれは繰り返すことがあるといわれて、ショックを受けていた。

「ちょっと見に来て」

翌日、Aさんに呼ばれて部屋に入ると、ビーはソファに横になっていた。首には患部を舐《な》めないように青いエリザベスカラーがつけられている。

「あらー」

こちらを向いたビーの顔は、いちばん痛いところを治療してもらい、悪いものは外に出たからか、顔つきはおだやかだった。しかし患部は思いのほかひどく、ずぶっと鉛筆が入りそうなくらい、皮膚が陥没していた。

「カラーをしてるから、ちゃんと歩けないのよ。あっちこっちにぶつかっちゃって」

あんなものをつけられたら、それはそれは鬱陶《うっとう》しいに決まっている。

「我慢するのよ。もう少しの辛抱だからね」

声をかけるとビーは、尻尾をぱたぱたと振った。Aさんはお尻に二番目の穴が開いてしまったビーを、一晩中ソファに座って抱いていたという。そんなことになって、「貧乏くさい自宅」に一匹で寝かすなんてできなかった気持ちはとてもよくわかるのだ。

友だちはビーの姿を見て、

「動物って、どうしてそんなものをつけなくちゃいけないのかしらねえ」

と不思議そうにいった。

「だって、動物って舐めて治そうとするじゃないの」

Aさんと私は声を揃えていった。

「それはそうだけど、舐めたら治るのが遅れるって、本能でわかりそうなものじゃない。我慢すればいいわけだし」

「それができないのが、動物の悲しさなんじゃないの。ついつい舐めちゃうのよ」

「そういうものをつけられるということは、とっても恥ずかしいことだと思いなさい。あんたは人間に近いと思ったことがあったけど、そういうところはやっぱりネコだったのね」

あまりにかっこ悪いというので、名前がビーから「ケツ夫」に変更された。「ケツ夫」はカラーをつけたまま、よたよたと歩いて姿を消した。やっと痛みがとれたのに、うるさい奴らとは関わり合いたくないと思ったのかもしれない。しばらくして友だちが様子を見にいったら、「貧乏くさい自宅」で寝ていた。

動物はどこが痛いといえないところが、飼い主も獣医さんも辛いところだ。口でいえないまでも、

「どこが痛いですか」

と聞かれて、

「にゃ」とか「わん」とかいいながら、前足や後ろ足で肩を指したり、お腹を指したり、お尻を指したりできれば、どれだけお互いに助かるだろう。そう思いながらも、私が子供のころに、動物を病院に連れて行く習慣なんかあっただろうかと考えてみた。犬の狂犬病の注射は保健所でやってもらっていたようだし、だいたいネコを病院に連れて行くとか、往診を頼むとか、そんな話は聞いたこともなかった。家でネコを飼っていて、御飯を食べなくなったなあと思っているうちに、寝てばかりいるようになる。元気がなくなったなあと思っていると、ふっと姿を消す。すると子供たちは泣きながら、

「タマがいなくなったああ」

と町内を探し回ったりする、すると両親やおじいちゃん、おばあちゃんが、

「ネコは死ぬのが近づくと、飼い主に姿を見せないように家からいなくなるんだよ。だからタマも死ぬ場所を見つけたんだろう」

と教える。

「それはどこ」

と子供たちがたずねても、大人たちは、

「誰もわからないんだよ」

というばかりで、タマはどこにいったのか全くわからない。突然、かわいがっていたネコがいなくなったショックは大きいが、日が経つうちに悲しみも薄れ、また別のネコを拾ってきて飼うようになる。犬は繋《つな》いでいたから多少、違うのかもしれないが、ネコの場合は「生きて家にいる」か「いない」かどちらかだった。とにかく今のように動物の介護などという言葉はなかった。

人間と同じように今は動物の介護の問題もたくさん耳にする。昔はネコはどこでも庭つづきででかけられたのに、集合住宅で飼われるようになってから、死に場所も見つけられず、それにふさわしい場所もなくなってしまって、ネコにとっては自分が選ぶ、昔ながらの自然死がなくなってかわいそうな気もする。しかしそのかわりに長生きになり、そして年老いた動物の介護が、飼い主としては考えておかなくてはならない重要な問題になってきたのである。

「これからもきっと、こういうことが続くのね」

Aさんはため息をついた。幸い瀕死《ひんし》の重傷を負ったわけでもなく、たまたま彼女も時間がとれたけれども、仕事が忙しい時期だったらば、どれを優先していいかパニックになってしまうだろう。そういうときには周囲の人間が協力しなければだめだとつくづく感じた。人間の介護も同じだろうが、一人でやろうとしても、絶対に無理が出そうだ。その後、ビーの傷は完治して「ケツ夫」ではなくなった。

「よかったねえ」

そう声をかけると、ビーは満足そうに足をふん張り、鼻の穴をかーっとおっぴろげ、年寄りなりに張り切っていたのであった。

スカート丈の不思議

女性が街を歩いているとき、異性に目がいくタイプと、同性に目がいくタイプがいるらしい。若いころから女性ウオッチャーの私は明らかに後者である。知り合いの女性と歩いていると、当然だが街で老若男女とすれ違う。すると急に、

「ね、今の人、かっこよくなかった？」

といわれたことがあった。私はあわてて、

「へっ？」

といいながら、きょろきょろするしかない。

「やあねえ、見てなかったの？」

彼女は呆れた顔をするのだが、かっこいいといわれた男性は、すでに遥か遠くを歩いていたりする。

（彼女がいいというのであるから、たいした男ではあるまい）

と思ったりもするのだが、いちおうどんな人だったか、知りたかったとは思う。だからといって、

「惜しかった」「もっと早くいってくれれば」

とは思わない。別に街でかっこいい男性を見かけても、どうなるわけでもあるまいし、そんなことはどうでもいい。そういう話をすると、その女性は、

「あら、わからないわよ。その人と恋に落ちるかもしれないし」

などとうっとりした顔でいう。女学生ならともかく、四十の半ばを過ぎた女が、よくそういうことをいうもんだと内心呆れるのであるが、世の中には恋愛に関して、死ぬまで夢を見続け、男性から興味を持たれなくなったら女として終わりと思っている女性も多いのは事実だ。私は男性から興味を持たれなくなるよりも、イヌ、ネコといった動物から興味を持たれなくなったほうが何倍も悲しいのである。

彼女の視線を追ってみると、本当に男性に対してこまめに目が動く。ここかと思えばまたあちらと、男性という生物に反応するのである。

「私がイヌやネコに反応するのと同じなのかもしれない」

そう考えてはじめて彼女の気持ちがわかった。路地を歩くと私はどこかにネコがいないかと目で探す。男性には目はいかないが、駐車場の隅の草陰にいたネコを、一目

で見つける自分に感動したこともある。目で見つけたというよりも、頭にぴんとくる。きっと彼女も男性と出会ったときは、そういう感覚なのだろう。いい悪いではなく人間、得手不得手の分野があるのである。そうはいっても五年に一度くらいは、

「おっ」

といいたくなるような男性を見つけて、その日、一日は気分がよくなることはある。でもすぐに忘れる。イヌ、ネコは同じ道を通ると、

「また会えるかしら」

と胸がわくわくするが、男性の場合はそうではない。やっぱり私のなかでは、そんなこと別にどうでもいいのである。

女性の場合は男性に目がいくのはわかるけれども、女性に目がいくのはどういうことなのだろうか。私は同性愛者ではないので、おつきあいしたい相手を探しているわけでもない。女性全般に愛情を持って観察しているわけでもなく、いやな女がいると、

「ああいう奴は撲滅《ぼくめつ》したい」

と怒ったりする。しかし女性の姿や行動をつい見てしまうのである。ガングロのコギャルがそろそろ渋谷に出没しはじめたころ、私は渋谷を歩くのが苦痛でならなかった。次から次へとわいて出てくる、今まで見たこともない生き物。肌がきれいな年齢

なのに、日焼けサロンで人工的に焼くらしく、なかにはまだら焼けしている子もいたりする。それが異様にスカートを短くした制服を着て、大声を上げながら歩いているのだ。

「親も教師も何もいわんのか」

また連れている男が、これまた阿呆の極みのような顔立ちで、

「こんなのとあんなのがくっついて、子供ができる……。日本の将来は真っ暗だ」

と暗澹《あんたん》たる気持ちになったのである。

といってはみたものの、彼女たちがどういう行動をしているのか気になって仕方がない。嫌だったら近寄らなきゃいいのに、ついつい彼女たちの背後にしのびより、会話の内容に聞き耳を立てたりする。女子高校生の背後に静かにすり寄っていって、思いっきりそこで深呼吸をして匂いを嗅ぐスケベなおやじと、ほとんど一緒である。匂いは嗅ぎはしないけれども、彼女たちの言葉遣いを聞いていて、アクセントのひどさとか、わからない言葉が出てきて、おばちゃんの頭には血が上ってくるのだがそれでも気になって仕方がない。

なかでもいちばん気になったのは、

「あの短いスカートの中はどうなっているのか」

であった。彼女たちのスカートは太股丸出《ふとももまるだ》しである。絶対にあの短さでは中が見えるに決まっている。いくら顔はああいうふうにしているからといって、一般大衆にパンツを見せるような図太さはないだろう。彼女たちだって羞恥心《しゆうちしん》はあるはずである。電車の中で化粧をするのに比べたら、パンツが見えるほうがずっと恥ずかしいことではないか。それともすでにパンツを見られても平気になっているのだろうか。それを調べるために私は、駅などでコギャルが歩いていると、そっと後ろをついて歩いた。階段やエスカレーターでスカートの中が見えるチャンスがあるからだ。ところがあんなに短いのに、ぎりっぎりのところで見えない。太股の上にある尻の下側の筋の寸前で、視界が閉ざされるのだった。

「見えないもんだなあ」

スカート丈の不思議に感心した。いくらでものぞき放題と思っていたのに、私の調査は遅々としてすすまない。ところがあるとき、何かの拍子でちらっと中が見えた。あんなに短いのだから、見えないほうがおかしいのである。目撃した女の子は黒か紺の体育のときのブルマーのようなものを穿いていた。あるいは黒、濃紺のショートパンツだ。彼女たちも見られていいように、スカートの中をスケベなおやじたちが意気消沈するような色で、ちゃんと守っていたのだ。

私は別に朝起きて、

「さあて、今日もコギャルのスカートの中を調査するか」

といって出かけていたわけではない。外出するついでに調査をしていた。後をついていくうちに、とうとう彼女たちの巣窟《そうくつ》である、渋谷のショッピングセンターに我が身を置くことになった。一度は行ってみなければとエスカレーターに乗ったとたん、私は頭がくらくらしてきた。右も左もコギャルだらけで、もしかしてこの階にいる人々のなかで、いちばん年上なのは私なのではないかと思うくらいだ。そのビルが建った当時の面影などみじんもなく、すべてがコギャル仕様になっていた。ブティックの店員は、絞められる寸前の鶏みたいな声で、

「いらっしゃいませー」

を連呼している。あちらこちらから聞こえる、甲高い声を聞いているうちに頭が痛くなってきた。コギャル村に潜入した、場違いのおばちゃんがふとそばにあるブティックをのぞくと、なんとそこの太股もあらわな店員は、その場違いな私に向かって、例の声で、

「いらっしゃいませー、どうぞごらんくださいませー」

と声をかけてにっこり笑った。それが決まりなのはわかっているが、

（私にまでいうことはなかろうよ）

と思いつつ、

「えへへへ」

と照れ笑いをしながら立ち去った。

尿意を催したので上の階でトイレを探そうと、上を見ながらエスカレーターに乗っていると、私の目に射るような真っ白な色が入ってきた。それはコギャルのパンツであった。

「白パンがいた！」

それは驚きだった。これまでの女の子は何があっても大丈夫なように、黒、濃紺パンツだったのに、無防備な本当の下着の白パンツ。

（そ、それはまずいでしょうよ、お嬢さん）

思いが伝わったのか、彼女は右手でスカートの裾《すそ》を押さえていたが、すでに私の周囲の人に、彼女のパンツは見られていた。私以外に誰が見たのかしらと後ろを見てみたら、私の後ろにいたのはカップルで、二人でいちゃついていて、コギャルのパンツには目もくれていないようだった。コギャルの黒、濃紺パンツの着用者の多さに私は満足した。彼女たちにもそれなりに羞恥心はあったのである。それを脱いで売るのは彼女たちの勝手であるが、いちおう公衆の面前では、最後の砦《とりで》は守っていたのだ。

コギャルのスカートの中に興味を失った私が次に観察しはじめたのは歯茎である。うちの両親は不仲であったが、笑ったときに歯茎が見えるのは品がなくてよろしくないという意見は一致していた。テレビにそういう女性が出ると、二人して、

「やだねーっ」

と叫んでこきおろす。現在でも変わらずに、母親は歯茎嫌いである。これは制作担当者の責任で、本人には気の毒なのだが、

「何がそんなに憎いのか。歯茎に何かされたのか？」

と聞きたくなるくらいだ。

女優さんでも笑うと歯茎が見える人がいる。美人といわれる人に意外と多いのも事実だ。笑うと歯茎が見える人はちょっと隙《すき》があるような感じに見えるが、またそこが男性からみるとチャーミングなのではないだろうか。歯並びがきちんとしていて、口をきりっと結んでいるタイプよりも男性が寄ってくる。だから女優さんでも人気があるのもある意味ではわかるような気がするのだ。喫茶店や電車の車内で、友だちとおしゃべりをしていた女性が笑った瞬間に歯茎が見えると、「出た、歯茎」と思わずじっと見る。歯茎が見えたからといって、顔立ちが悪く見えるわけではないのだけれど、

幼いころから両親がいっていたことがしみついてしまったのと、彼女の隠された秘密を見たようで、ついうれしくなって「出た」とつぶやいてしまうのである。

私は歯茎が出るよりも口元がだらしない人のほうが嫌だ。口元のゆるみは自分で気をつけていれば直せる。ぼーっと口を開けている顔は、ものすごくみっともないと思うのだけれど、そういうことに気がつかないだらしなさが嫌いなのだ。出先でそういう女性を見かけると、

(きれいにお化粧しておしゃれをしてるけど、だらしないんだろうなあ)

と想像したりする。彼女たちをネタにして、あれこれ考えるのが楽しい。外で女性を観察していると興味はつきないが、やっぱり男性は面白味に欠ける。これからも私は、街なかを下半身丸出しで疾走する男性よりも、ぺっかんぺっかんと脳に響くような安っぽいミュールの音を立てて、駅の階段を下りる女の子たちのほうをじとーっと見てしまうに違いないのだ。

人生でいちばんついてない日

私の場合、人生そのものを運だけで生きてきたようなところがあるので、特別、ついている日というのを感じたことはない。年賀状をまだ出しているころ、二百枚ほど届いたはがきのなかで、当たるのは毎年二枚くらい。それも切手シートばかりで、それ以上の品物はあたったことがない。町内の福引きも粗品ばかり。宝くじも二、三回買ったことはあるけれどもすべてスカ。その他スクラッチのくじに至るまで、今まで当たりをひいたためしがない。露骨に当たり番号が同封されている、

「ラッキーなあなたによいお知らせが」

といったうさんくさいダイレクトメールは来るけれども、とにかくくじ運はない。あきらめているので、そういったたぐいのものには手を出さないし、期待もしていないのである。

ところが二年前の十二月の二十日すぎ、実家のローン、税金の支払い、その他なに

やかやと財政が逼迫《ひっぱく》していたとき、私の財布の中にあったのは、千円以下の小銭ばかりであった。原稿料や印税はすべて支払いに消えることになっているので、手元には全く残らない。これで無事、年を越せるのかとため息をつきながら財布をのぞきこんでいた私のもとに、まさにクリスマスプレゼントのように、突然に商品券が送られてきた。応募した記憶もないのでいったいどうしたのかと同封されている手紙を読んでみたら、通販で品物を買ったときに顧客番号がふりあてられるが、それを抽選してプレゼントをする企画があったらしい。そんなことにははなから興味がないので、ただ欲しい品物をチェックして注文しただけだったのであるが、私の番号が当たって五千円分の券が送られてきたのである。

「当たった？」

送られてきた千円券五枚をつまみあげて透かしてみたり、匂いを嗅いだりして、

「本当に当たったんだ……」

と呆然としつつ、何度もつぶやいた。これまでの私の人生のなかで当たった、いちばん高額のものだった。この商品券が当たったおかげで、無事、正月らしい正月を迎えられたといってもいい。このときほどつくづく自分は運がいいと悟ったことはなかった。

私が子供のころ、母親が占いをしている友だちに、将来を聞いたところ、

「お金は残らないけれども、一生、食べるのには困らない」

といわれたといっていた。そういえば困ったなあと思ったときに、必ず本の増刷がかかったり、臨時収入があったりする。それがどっと増刷というのではなく、ちょっと増刷というのが、分相応でおかしいのであるが、それで無事支払いを済ませられたことが何度もあり、それは今でも続いている。

サラリーマンと違うので、毎月同額の収入があるわけではない。多いときもあれば少ないときもある。税金の支払日は決められているので、三か月後にはあるけれども、支払い期限日にはないということがたびたびある。実家のローンや家賃、収入の管理をしている「お金繰りまわしノート」を見ながら、

「うーむ、六月はあぶない」

と悩む。生活費をそちらに回すとあとは三万円しか手元に残らず、

「これはまた質屋行きか。そういえば郵便貯金の簡易保険で、満期返戻金を担保に三十八万円までだったら貸してくれるっていう通知が来てたはずだ」

と郵便物を探してあれこれ算段する。税理士さんには、

「収入のわりにこんなに資産がない人も珍しい。資産がなくても現金があるものなん

ですが」

といわれ、

「でへへへ」

と頭を掻くくらいだから、貯金は実家の頭金に取られて以来、一銭もない。ないというよりできないのである。こんなときに船舶免許を取得した弟が、トレジャーボートを買うという話を聞くとむっとしたりする。自分だけものすごく損をした気になるのであるが、そんなときにひょっこり二十万円程度の増刷の通知があったりして、ものすごくうれしい。胸がほっとあたたかくなる瞬間でもある。ついているというよりも、

「ああ、まただ」

と再認識するといったほうがいい。多額の増刷でないのは、神様が私をつけあがらせないように配慮したのだと思うのだが、こういった状況で何度も助けられているのは事実なのだ。私の場合、宝くじで億単位のお金が転がり込むという、不労所得の大ラッキーはないが、仕事をし続けて小ラッキーがちょこちょこ続くという、どちらかというとせこい人生なのかもしれない。

その反面、ついていないと感じる日はある。これまでいちばんついていなかった

のは、先日、一日に三回、車と自転車にぶつけられたということだろうか。大リーグの新庄選手は、子供のころに車に三回撥《は》ねられて入院したというが、そこまでものすごくはないが、私にとっては人生でいちばんついていない日だった。十年ほど前、助手席に幼児を乗せた若い母親が運転する車に、背後から突かれたことがあった。ぶつけられたというよりも、突かれたという感じだったので、前につんのめって転びそうにはなったものの、大事には至らなかった。しかし、

「危ないじゃないの。前をちゃんと見て運転しなさい」

と怒っても、自分が何をしたのか認識できず、ぽかんとしていた彼女を見て、ますます腹が立った。

「もうちょっとスピードが出ていたら、背後から轢《ひ》かれてぺっちゃんこになっているところだった」

本来ならば、これで済んだことを考えると、ついている日の範疇にいれるべきなのかもしれないが、ああいう母親にあんなことをされたというのは、私にとっては間違いなくついていない日だったのである。

いちばんついていなかった日、私は隣町に買い物に行っていた。商店街の間の広くはない道は、二台の車がすれちがうのがやっとという幅しかない。輸送車が止まって

いるところへ、向こうから初老のおじさんが運転する乗用車がやってきた。私は先に車を行かそうと、店の壁にへばりついてじっと立ち止まっていた。するとその車が私めがけてやってくるではないか。まさかよけたところに突っ込んでくるとは思ってもいないから、とっさのことで逃げることもできず、

「ひえーっ」

といいながら左足と左手を曲げて上に挙げるという、わけのわからないポーズをして、その車をよけようとした。車は私の挙げた左足に軽く当たって止まった。運転していた六十歳すぎとおぼしきおじさんは、

「いやあ、すまん、すまん」

というような態度で右手を挙げ、ぺこぺこ頭を下げながら走り去ってしまった。自転車に乗っているおばちゃんと目が合うと、必ずこちらのほうによろよろと突っ込んでくるという法則があるが、自動車を運転しているおっちゃんにもこれはあてはまるらしい。乗り物を運転している中高年者とは、サルと同じように目を合わさないことが、災難から逃れる秘訣のようであった。

買い物をすませ、帰り道に道の右側を歩いていたら、突然、後ろから足にがくんと衝撃を受けた。びっくりして振り返ると、走るスペースはたくさんあるというのに、

どういうわけだか小学校の低学年の女の子が乗った自転車が、私めがけて突っ込んできたのである。女の子は黙っている。本人もびっくりして、どうしていいかわからなかったのだろう。ところが後からやってきた自転車に乗った若い母親は、

「あーら。ぶつかっちゃったの。あはははは一っ」

と笑って、全速力で走り去っていった。女の子も何もいわないまま、あわてて母親の後を追った。何度も振り返っていたところを見ると、女の子のほうは私が気になっていたに違いない。しかし母親のほうはあやまるわけでもなく、何事もなかったかのように姿を消したのである。

「そんなことで世の中、許されるのかっ」

私はあまりのことに、呆然と彼女たちの後ろ姿を見送っていたものの、だんだん腹が立ってきて、あの調子に乗った母親がどこかで転びますようにと念じたくらいであった。

そしてその後、今度は路地を渡っていたら、右方向から自転車が突っ込んできた。前におばあさん二人が歩いていて、後ろをつかずはなれずで歩いていたら、その狭い間をすり抜けようと、三十代半ばくらいの女性が乗った自転車がスピードを出して走ってきて、私の右腕と右足にぶつかった。何をそんなに急いでいたのかわからないが、

道の広さと人通りを考えたら、そんなスピードを出すほうがおかしいのに、警笛も鳴らさずに平気で走り抜けようとしたのだ。ぶつかった音を聞いて驚いて振り返ったおばあさんたちが、

「あぶないわねえ」

といってくれたおかげで、彼女はしぶしぶといった感じで、

「すみません」

とあやまった。

「今日はいったい何なのだ？」

天に向かって大声で叫びたくなったくらいだった。

むっとしながら歩いていると、今度は目の中に小さな羽虫が飛び込んできた。目玉に当たった感じから、ゴミではないことがすぐにわかった。私は目がちっこいわりに、ものすごくゴミが入る。どうしてこんな細いすきまに、大気中からゴミが入るのか、不思議でならないのだが、最近では飛び込んでくるのではなく、私の目玉から変な鳥もちみたいなビームが出ていて、ゴミや虫を吸い付けているのではないかと思うようになった。

「あ、まただ」

と立ち止まったものの、両手に荷物を持っていたのでどうすることもできない。とりあえず道に荷物を置いて、何とか虫を出そうとしたが、なかなか取れない。鏡を持っていないので、どうなっているかわからないのだが、涙と一緒に流れ出てきてはいないようだった。家に戻って目を洗っても虫は出てこない。もしかしたらすでに取れていたのかもと思っていたら、三十分後、急に目がごろごろしてきた。急いで鏡を見てみたら黒いものが眼球にはりついている。行方不明になっていた、体長二・五ミリほどの羽虫で、三十分の間、もしかしたら目玉の裏っかわにまわっちゃってたのかもしれないなどと想像すると、背中がぞくぞくしてきた。

車と接触一件。自転車と追突一件、右方向から衝突一件、目玉に羽虫が一件。一日に起こる出来事にしては、多すぎるのではないだろうか。

「人の迷惑にならないように、ひっそりとまじめに暮らしている私がなぜ」

と首をかしげたり、事件を思い出してはまた怒ったり、うんざりしたりしたのであるが、これで一年分の厄落としができたに違いないと、腕と足にできた青あざをさすりながら、能天気に考えることにしたのであった。

ぷくちゃんとしい

うちのネコ、女王様気質のしいは今年三歳になり、女ざかりばりばりである。隣のネコのビーちゃんは、御年十六歳で老境に入っていて、しいが仰向けになって、

「んにゃー」

と甘える素振りを見せても、全く興味がなさそうにその場を離れる。人間でいえば八十歳を過ぎた去勢されたネコが、年下のネコにじゃれつかれてもうるさいと思うのは当然である。二匹はそれなりに仲がよく、お互いに顔をぺろぺろと舐め合って、ご挨拶をしたりしているのだが、日常生活でずっと遊ぶというわけにはいかないのである。


それまでしいは、家の外に出ることはなかった。玄関にいても、ドアを開けるとびっくりして室内に入っていたのだが、ビーちゃんが開いたドアからマンションの中庭に出ていくのを目撃してしまった。ビーちゃんのやることを何でも真似しようとする

しいは、外に出るようになってしまった。ビーちゃんは純血種で外の世界を知らないが、しいはもともとのらなので、外の生活にはなじみがある。これまではその記憶が薄れていたのに、外に出て自由な世界があったと思い出したらしいのである。

ビーちゃんは中庭の探検、調査が済むと小一時間で家に戻ってあとはずっと寝ているのに、しいはいったん戻ってきても、ちょこっと御飯を食べて、またすぐに外に出ようとする。

「だめ」

と怒っても、鼻の頭に皺《しわ》を寄せて、

「みーっ、みーっ、みーっ」

とものすごい形相《ぎょうそう》で訴える。

「本当にしょうがないね」

ため息まじりにドアを開けると、尻尾をぴんと立てて、たたたたーっと走っていく。そしてまた小一時間すると帰ってきて、

「んにゃ、んにゃ」

と鳴きながら、何やら報告する。本人は見てきたことをいっているらしいのであるが、

「そうなの、それはよかったねえ。でも他のおうちに迷惑になることはしちゃだめよ」

としかいえない。いちおうは、

「にゃ」

と返事はするのだが、本当にわかってるんだかわかっていないんだか、よくわからないのである。

あるとき、あまりにビーちゃんが帰ってこないので、飼い主のAさんが見に行ったら、中庭で見知らぬオスネコと、横になって寄りそってのんびりしていたことがあった。ビーちゃんはメスよりもオスのほうが好きなのである。Aさんが寄っていくと、ビーちゃんのお友だちネコは、じっと彼女を見ていたが、あわてて逃げるでもなく、立ち上がって様子を見ていた。そのうちゆっくりと姿を消したのだが、

「外からネコが入ってくるのね」

とAさんはつぶやいた。外から入って来れるということは、外に出られるということである。

「気をつけなきゃあね」

ビーちゃんよりも体が小さいしいは、ちょっとの隙間でもするりと抜け出る可能性はある。

「外に出るんじゃないのよ。こわーい人がたくさんいるからね」

そういい聞かせると、いちおうは、

「にゃ」

とはいうけれども、これまたわかっているんだかいないんだか、よくわからないのであった。

夕方、しいを膝の上にのせて、ソファに座ってだらーっとしていると、突然、床に飛び降り、

「うおーん」

と地獄の底から響くような声を出しながら、ドアに向かって一目散に走っていき、威嚇《いかく》をはじめた。

「どうしたの」

びっくりして後を追うと、

「うー、うー」

とうなりながら、背中を丸めている。いったいドアの外に何があるのかと、おそるおそるドアを開けてみると、そこには情けない顔をしたオスネコがちんまりと座っていた。全体の柄は焦げ茶の濃淡のトラ柄で、顎《あご》から腹にかけては白い。手足がむくむ

くっとして全体の姿は愛らしいのだが、いかんせん顔つきが情けない。人間でも、

「あと五ミリずつどうにかなっていれば、金城武だったんだけどね」

という人がいるが、このネコもあと五ミリずつ何とかなってれば、美ネコとして通用していた、ちょっと不運なタイプなのだった。

「あなただあれ？」

そのネコはそろりそろりと後ずさりし、帰っていった。しいは私の股の間から、

「うおーっ、うおーっ」

とハイテンションで吠えている。

「そんなにいやだったら、私の前で鳴けばいいじゃない」

するとしいはぴたっと鳴くのをやめ、何事もなかったような素振りで室内に入っていった。

「本当は怖いんでしょう」

耳はこちらに向けていたが、聞こえないふりをしていた。

「困ったねえ。オスだからしいちゃんのところに来たんだよ。いくら来てくれても、手術をしちゃったから、子供は産めないしねえ」

避妊手術をしてもオスネコは寄ってくるらしい。うちの近所はメスが少ないので、

種族繁栄には関係ないうちのネコにまで、すり寄らざるをえないようだ。獣医さんのアドバイスに従って、手術をしておいてよかった。ほったらかしだったら、わーっとオスネコにたかられて、これまでに五万匹くらい産んでるかもしれない。私はその情けない顔のネコを、勝手に「ぷくちゃん」と名付け、彼の実らない恋を哀れんだのであった。

自分の目の届く範囲でしか出さないようにしようとしたが、すばしっこいしいは、するりと戸の隙間から出ていってしまう。それでも一時間ほどたつと御飯を食べに帰ってくるので、それほど心配はしていなかった。ところが夕方の六時から出ていったきり、いつまでたっても帰ってこないことがあった。

「やられた」

真っ先に頭に浮かんだのは逃亡だった。もともと拾ったネコなので、外の楽しさを知ったら、家の中におとなしくはいないだろう。おまけにオスネコともいちゃいちゃできる。

「このまま戻ってこないかもしれない」

二時間経ち、三時間経っても帰らない。風呂に入り、そろそろ寝る時間になっても一向に戻ってくる気配はない。パジャマ姿で中庭まで見にいったけれども、どこにもいない。

だんだん腹が立ってきて、

「もう帰ってこなくてもいいや」

と思いつつ、戸を少しだけ開けてベッドに入ったものの、寝付けない。

「うーむ」

私は室内をうろうろしながら、いったいどうしたもんかと悩んだ。そして納戸《なんど》がわりに使っている部屋の椅子に座り、暗がりのなかでしいの帰りを待つことにした。その部屋は外廊下に面していて、外から帰ってくるしいの通り道になっている。

（早く帰ってこい。何をやってるんだ）

一生懸命しいに念を送りながら、私はむっとしながら椅子に座っていた。まるで年頃の娘を持つ父親のような気分である。腹が立つのと心配なのがごっちゃになって、頭をかきむしりたくなってきた。

夜中の十二時半、ぶちのしいの姿が外廊下のライトに照らされた。尻尾をぴんぴんと立て、目をくりくりさせて上機嫌なのがわかる。ほっとして私はため息をついた。

「あれ？」

次の瞬間、私は目を疑った。何としいはあのぷくちゃんを伴って帰ってきた。ぷくちゃんはしいの三歩後ろを歩き、そして私が見ている前で、Uターンして帰っていくではないか。しいはぷくちゃんに家まで送らせたのである。

「みゃーん」

うしろめたいのか、しいはものすごくかわいい声を出して、私の足に頭や体をこすりつけ、愛想をふりまく。

「おかえり！　遅かったね！」

ぐるぐると鳴いてごまかそうとしている。

「あんた、ぷくちゃんに送ってもらったの。この間、あんなに怒ってたじゃないの」

しいはぐるぐる鳴きながら、私のベッドの上に飛びのり、知らんぷりして寝る体勢に入っていた。

それからぷくちゃんは、外に出たしいにくっついて一緒にくるようになった。ところがしいはそれまでは平気な顔をしているのに、一歩、室内に入ろうとしたとたん、

「うおーっ」

と地獄の底の声を出して威嚇する。そのとたん、ぷくちゃんは、ますます情けない顔になり、まるで、

「なぜですかあ」

というような表情になる。そして私の顔を見上げて、汚い声で、

「あーん、あーん」

と切なげに鳴くのだ。

「私もね、理不尽だと思うんだけどね、しいちゃんがだめっていうから、だめなのね。ごめんね」

ぷくちゃんは情けない顔をもっと情けなくして帰っていった。夜中、娘を送ってくれた男の子が、そんな仕打ちを受けるなんて、やはりかわいそうだ。

「ぷくちゃんのような優しい子に意地悪しちゃいけないよ」

そういってもしいは鼻息荒く、

「家の中にいれるもんですか」

といっているかのように、足を踏んばっていばっていた。

それからもぷくちゃんの声は外から聞こえてきた。

「あーん」

と鳴くとしいが、

「うおーっ」

と返す。ドアを開けるとぷくちゃんは中に入ろうとし、しいは、

「んぎゃーっ」

とすさまじい声を出して威嚇する。ぷくちゃんはあわてて立ち去るのだが、何度も何度も私のほうを振り返る。途中で立ち止まり、

「入っちゃだめですかあ」

と訴えるような顔をする。そして外階段のところでまた振り返り、

「ほんとーに、入っちゃだめですかあ」

と悲しげな顔になった。何度かドアの前でぷくちゃんの声がしたが、しいは完全に無視していた。それからやはりしいをうろうろさせるのはいけないと、なるべく外に出さないようにすると、ぷくちゃんも姿を見せなくなった。Aさんの最新情報では近所で目つきの鋭いオスネコが、ガンを飛ばしながら歩いているという。きっと人のいいぷくちゃんはそいつに追いやられ、敷地内に立ち入ることもできなくなったのだ。他の部屋の人には迷惑がかからないようにしなければならないが、私はぷくちゃんの情けない顔を思い出しては、心が痛むのである。

新装版のためのあとがき

あらためてこの本を読み返して感じたのは、「光陰矢のごとし」である。文中、私が四十七歳というくだりがあるのだが、今年、私は六十七歳になるので、二十年経過している。その間、ウサギのおじさん、チビタン、ビーちゃん、ぷくちゃん、うちのネコしい、そして母が亡くなった。アイドルだったタッキーも、今や社長である。二十年は生まれた赤ん坊が成人する年月であり、長いといえば長いし、短いといえば短いのだが、結婚もせず子供も持たなかった私にとっても、それなりに様々な事柄が起こった。とりあえず良好だった弟との関係が、実家の名義に関するトラブルで大喧嘩になり、現在は絶縁状態である。これからも修復する予定は私にはまったくない。天涯孤独という意識で暮らしている。何の変化もない人生を送る人はほとんどいないとは思うが、それなりによいこと、悪いことは起こるのだ。

そんななかでまったく変わらないのが、私のばかさ加減である。同年配の人たちは、あっちが痛い、こっちが痛いといっているのだが、幸い、私は痛いところはどこもない。しかし二十年も経っているのならば、人間的に少しはましになっているかと思いきや、進歩をした気配がなく、よりアホ度が増しているのが恐ろしい。

前期高齢者になると、それが病につながる可能性もあるので、困ったものである。最近は風呂に湯を張ったつもりが忘れていて、真っ裸になって入ろうとしたら、湯船がからっぽなのに呆然とし、がっくりしてまた服を着た。もうため息しか出ない。これ以上、アホなことをしないように気をつけるしかない。こんな相変わらずの私を、笑っていただければありがたい。

二〇二一年四月

群ようこ

単行本　2001年11月　文藝春秋刊

この本は2004年に小社より刊行された文庫の新装版です。

イラスト　北村人
デザイン　大久保明子
DTP制作　エヴリ・シンク

文春文庫

ヒヨコの猫《ねこ》またぎ

定価はカバーに
表示してあります

2021年6月10日　新装版第1刷

著　者　群《むれ》　ようこ
発行者　花田朋子
発行所　株式会社　文藝春秋

東京都千代田区紀尾井町 3-23　〒102-8008
TEL　03・3265・1211㈹
文藝春秋ホームページ　http://www.bunshun.co.jp

落丁、乱丁本は、お手数ですが小社製作部宛お送り下さい。送料小社負担でお取替致します。

印刷製本・凸版印刷

Printed in Japan
ISBN978-4-16-791709-8

（　）内は解説者。品切の節はご容赦下さい。

群ようこ
パンチパーマの猫

「我が身の事は人に問え」『ごまめの歯ぎしり』『生まれながらの長老なし』。おかしな人、心に染みる出来事に出会って、古くからのことわざを噛みしめる群ようこの、爆笑日常エッセイ集。

む-4-12

群ようこ
おやじネコは縞模様

（ここ、よくね）と通って来ては（なんかくれー）と念波を発する外ネコしまちゃん。食べ残しを一列に並べるチワワ犬のプリンちゃん……。不思議と人間臭い、群版動物エッセイ。

む-4-14

群ようこ
よれよれ肉体百科

身体は段々と意のままにならなくなってくる。更年期になって味覚が鈍っても、自然に受け入れてアンチエイジングにアンチでいよう！　身体各部56カ所についての抱腹絶倒エッセイ。

む-4-15

群ようこ
ネコの住所録

幼い頃から生き物と共に暮らしてきた著者。噂話をする度に耳をそばだてる婆さん猫など、鋭い観察眼で彼らのしたたかさを見抜くが、そこには深い愛情があった。抱腹絶倒のエッセイ。

む-4-16

群ようこ
ネコと海鞘《ほや》

犬だって夢を見る、猫だって冷蔵庫に入りたい、ベルトだって空を飛ぶ……どうしてこんなにケッサクな出来事ばかり起こってしまうのか。群ようこの日常は面白い！　抱腹絶倒のエッセイ。

む-4-17

群ようこ
肉体百科

電車の座席に自分の「尻拓」が残ってしまったら、どうすべきか？　歳をとったらひじまで梅干し化する現実を踏まえつつ、今日も我が道を歩んでいく。身体について綴ったエッセイ集。

む-4-18

（　）内は解説者。品切の節はご容赦下さい。

村上春樹
ラオスにいったい何があるというんですか？ 紀行文集
ボストンの小径とボールパーク、アイスランドの自然、フィンランドの不思議なバー、ラオスの早朝の僧侶たち、そして熊本の町と人びと――旅の魅力を描き尽くす、待望の紀行文集。
む-5-15

村田沙耶香
きれいなシワの作り方 淑女の思春期病
初めての皺に白髪、通販の誘惑、自意識過剰とSNS、迫る「産むか産まないか」問題、最後のセックス考……これが大人の「思春期」？　悩み多きアラサー芥川賞作家の赤裸々エッセイ。
む-16-2

山崎豊子
『大地の子』と私
胡耀邦総書記との中南海での異例の会見、労働改造所、未開放地区への初めての取材、「三度捨てないで！」と叫ぶ戦争孤児たち……日本中を涙と感動でつつむ『大地の子』取材執筆の秘話。
や-22-5

山内マリコ
買い物とわたし お伊勢丹より愛をこめて
週刊文春の人気連載「お伊勢丹より愛をこめて」が書き下ろしを加えて一冊に。蚤の市で買ったお皿からハイブランドのバッグまで、カラーイラスト満載で紹介するお買い物エッセイ。
や-62-1

吉村　昭
街のはなし
食事の仕方と結婚生活、茶色を好む女性の共通点、街ですれ違う気になる人、旅先でよい料理屋を見つける秘訣……。温かく、時に厳しく人間を見つめる極上エッセイ七十九篇。（阿川佐和子）
よ-1-34

吉村　昭
ひとり旅
終戦の年、空襲で避難した谷中墓地で見た空の情景、小説家を目指す少年の手紙、漂流記の魅力について――事実こそ小説であるという著者の創作姿勢が全篇にみなぎる、珠玉のエッセイ。
よ-1-47

（　）内は解説者。品切の節はご容赦下さい。

横尾忠則
インドへ
ビートルズに触発され、三島由紀夫に決定づけられて訪れたインド。芸術家の過敏な感性をコンパスとして、宇宙と自己、自然と芸術を考える異色旅行記。カラー口絵二十三ページ付。
よ-2-1

米原万里
ガセネッタ&シモネッタ
名訳と迷訳は紙一重。ロシア語同時通訳の第一人者が綴る、大マジメな国際会議の実に喜劇的な舞台裏を描いたエッセイ集。ガセネタも下ネタも、ついでにウラネッタも満載!!（後藤栖子）
よ-21-1

米原万里・佐藤　優　編
偉くない「私」が一番自由
佐藤優が選ぶ、よりぬき米原万里。メインディッシュは初公開の東京外語大学卒業論文。単行本未収録作品も含む傑作エッセイを佐藤シェフの解説付きで紹介する。文庫オリジナル。
よ-21-7

渡辺和子・山陽新聞社　編
強く、しなやかに　回想・渡辺和子
二・二六事件で陸軍大将の父が殺されたのは九歳の時。シスターとなった後、若くして大学の学長に抜擢されるも、うつ病など試練の連続だった。信仰と教育に身を捧げた波乱の人生録。
わ-22-1

若松英輔
悲しみの秘義
暗闇の中にいる人へ――宮澤賢治や神谷美恵子、プラトンらの悲しみや離別、孤独についての言葉を読み解き、深い癒しと示唆で日経新聞連載時から反響を呼んだ26編。（俵　万智）
わ-24-1

日本エッセイスト・クラブ　編
人間はすごいな　'11年版ベスト・エッセイ集
プロ・アマ問わず集めた良質なエッセイ52篇。100年前の女の子と鰹節、牡蠣養殖と津波、日記に記す天気印と妻の機嫌……人生模様を覗いてみませんか？　29年目の最終巻です。
編-11-29

（　）内は解説者。品切の節はご容赦下さい。

みうらじゅん
正しい保健体育 ポケット版
保健体育の教科書の体裁で、愛や性について説いた爆笑講義録。下ネタの隙間から、著者の深い人生哲学や人間の真理が見えてくる。累計12万部の人気シリーズを2冊合わせて文庫化。
み-23-3

みうらじゅん
人生エロエロ
「人生の3分の2はいやらしいことを考えてきた」でおなじみ「週刊文春」人気連載の文庫化。「男ってバカねぇ」と女性にも大好評、エロエロエッセイ80連発！　（対談・阿川佐和子）
み-23-4

みうらじゅん
されど人生エロエロ
ある時はイメクラで社長プレイに挑戦し、ある時は「ゆるキャラの中の人」とハッピを着た付添人の不倫関係を妄想し……。「週刊文春」の人気連載、文庫化第2弾！　（対談・酒井順子）
み-23-5

みうらじゅん
ラブノーマル白書
愛があれば世間が眉をひそめるアブノーマルな行為でも全てノーマルなのだ。少年時代の思い出から最近の「老いるショック」事情まで実体験を元に描く「週刊文春」人気連載を文庫化。
み-23-7

向田邦子
女の人差し指
脚本家デビューのきっかけを綴った話、妹と営んだ「ままや」の開店模様、世界各地の旅の想い出、急逝により絶筆となった「週刊文春」最後の連載などをまとめた傑作エッセイ集。（北川　信）
む-1-23

向田邦子
霊長類ヒト科動物図鑑
「到らぬ人間の到らぬドラマが好きだった」という著者が、電話口で突如様変わりする女の声変わりなど、すぐれた人間観察で人々の素顔を捉えた、傑作揃いのエッセイ集。　（吉田篤弘）
む-1-26

文春文庫　最新刊

泥濘　黒川博行
今度の標的は警察OBや！「疫病神」シリーズ最新作

梅花下駄　照降町四季（三）　佐伯泰英
大火で町が焼けた。佳乃は吉原の花魁とある計画を練る

神様の罠　辻村深月　乾くるみ　米澤穂信　芦沢央　大山誠一郎　有栖川有栖
人気作家が贈る罠、罠、罠。豪華ミステリーアンソロジー

江戸彩り見立て帖　色にいでにけり　坂井希久子
鋭い色彩感覚を持つお彩。謎の京男と〝色〟の難題に挑む

あなたのためなら　藍千堂菓子噺　田牧大和
絶望した人を和菓子で笑顔にしたい。垂涎の甘味時代小説

特急ゆふいんの森殺人事件〈新装版〉十津川警部クラシックス　西村京太郎
殺人容疑者の探偵。記憶を失くした空白の一日に何が？

へぼ侍　坂上泉
錬一郎はお家再興のため西南戦争へ。松本清張賞受賞作

立ち上がれ、何度でも　行成薫
真の強さを求めて二人はリングに上がる。傑作青春小説

悪人　吉田修一
本当の悪人は—。交差する想いが心揺さぶる不朽の名作

ヒヨコの猫またぎ〈新装版〉　群ようこ
地味なのに、なぜか火の車の毎日を描く爆笑エッセイ集

美しく、狂おしく　岩下志麻の女優道　春日太一
医者志望の高校生から「極道の妻」に。名女優の年代記

堤清二　罪と業　最後の「告白」　児玉博
死の間際に明かした堤一族の栄華と崩壊。大宅賞受賞作

小林秀雄　美しい花　若松英輔
詩のような批評をうみだした稀代の文学者の精神的評伝

合成生物学の衝撃　須田桃子
DNAを設計し人工生命体を作る。最先端科学の光と影

沢村さん家のこんな毎日　久しぶりの旅行と日々ごはん篇　益田ミリ
ヒトミさん、初ひとり旅へ。「週刊文春」連載を文庫化

世界を変えた14の密約　ジャック・ペレッティ　関美和訳
金融、食品、政治…十四の切り口から世界を描く衝撃作

父・福田恆存〈学藝ライブラリー〉　福田逸
劇作家の父と、同じ道を歩んだ子。親愛と葛藤の追想録